연꽃 연못가에서

SEOUL, 2006

연꽃 연못가에서

초판 제1쇄 발행일 2006년 2월 27일 **초판 제2쇄 발행일** 2009년 3월 10일
지은이 아니카 토어 **옮긴이** 임정희
발행인 전재국 **본부장** 이광자
주간 김문정 **편집** 신인수 **디자인팀장** 남희정 **마케팅팀장** 호종민
발행처 (주)시공사 **주소** 서울시 서초구 서초동 1628-1
전화 영업 2046-2800 편집 2046-2823, 2829 **인터넷 홈페이지** www.sigongsa.com

Näckrosdammen

Copyright ⓒ Annika Thor 1997
First published by Bonnier Carlsen Bokfoerlag, Stockholm, Sweden
All rights reserved.
Korean Translation Copyright ⓒ 2006 by Sigongsa Co., Ltd.
The Korean language edition published by arrangement with
Bonnier Group Agency, Stockholm through MOMO Agency, Seoul.

ISBN 978-89-527-4518-7 43850

*홈페이지에 회원으로 가입하시면 다양한 혜택이 주어집니다.
*잘못 만들어진 책은 구입하신 곳에서 바꾸어 드립니다.

연꽃
연못가에서

아니카 토어 지음 | 임정희 옮김

시공사

1

증기선의 통풍 밸브가 열리자 시커먼 연기와 함께 탄식하듯 요란한 소리가 터져 나왔다. 묶어 둔 밧줄이 풀리면서 배가 출발했다. 배는 큰 원을 그리며 선착장을 벗어나 부두를 빠져나갔다.

슈테피는 배 뒤쪽에 서서 손을 흔들었다. 선착장에서도 손을 흔들었다. 넬리, 알마 아줌마, 알마 아줌마의 아이들, 베라였다. 에버트 아저씨는 어젯밤에 이미 작별 인사를 했다. 아저씨는 다시 고기 잡으러 바다에 나갔다. 며칠 후 아저씨가 돌아와 잡은 생선을 배에서 부릴 때쯤이면 슈테피도 이제이 섬에 없다.

선착장에 있는 사람들 모습이 점점 작아졌다. 곧 누가 누군지 분간하기 힘들어졌다. 마지막까지 슈테피 눈에 들어온 건 햇빛 속에서 반짝이는 베라의 빨간 머리였다.

메르타 아줌마가 말했다.

"그만 들어가서 앉자. 그을음에 옷이 더러워지잖니."

메르타 아줌마는 색깔이 밝은 여름 웃옷에서 눈에 보이지도 않는 먼지를 툭툭 털어내더니 앞장서서 선실로 들어갔다. 아줌마의 조그마한 밀짚모자는 등 뒤로 땋아 내린 회색 머리 위에 얌전하게 얹혀 있었다.

메르타 아줌마는 슈테피를 예테보리에 사는 의사 가족에게 데려다 주느라 한껏 멋을 냈다. 슈테피는 김나지움에 다니는 동안 의사 집에 세 들어 살기로 했다. 섬에 사는 메르타 아줌마와 에버트 아저씨에게는 한 달에 한 번 주말과 방학을 틈타 찾아가기로 했다.

선실 안은 바람이 통하지 않았다. 무척 더웠다. 슈테피는 누군가 의자 위에 두고 간 낡은 신문으로 부채질을 했다. 하지만 메르타 아줌마는 등을 꼿꼿하게 펴고 앉아 꼼짝도 하지 않았다. 아줌마는 웃옷 단추를 끝까지 다 채우고 목에는 가지런하게 스카프까지 맨 채였다.

슈테피 옆에는 가방이 놓여 있었다. 가방 안에는 슈테피가 가진 물건들이 거의 다 들어 있었다. 빈에서 가져온 옷, 메르타 아줌마가 우편으로 주문한 옷, 책, 일기장, 부모님 사진

등. 낡은 곰 인형만 다락방에 두고 왔다. 슈테피는 메르타 아줌마와 에베르트 아저씨네 다락방에서 살았다. 이제 슈테피는 다 컸다. 열세 살이나 되었으니까.

슈테피는 김나지움에 가면 자신을 슈테파니라고 소개할 생각이었다. 슈테파니라는 이름이 더 어른스럽고 낭만적으로 들린다. 애칭인 슈테피처럼 유치하게 들리지 않는다. 스벤도 슈테파니라고 부른다. 곧 스벤을 다시 만날 것이다.

"난 슈테파니라고 해."

슈테피는 혼자 중얼거리며 연습했다. 하지만 메르타 아줌마는 고양이처럼 귀가 밝았다.

"뭐라고 말했니?"

"아무것도 아니에요."

메르타 아줌마가 말했다.

"걱정할 필요 없어, 애야. 넌 다른 아이들보다 뒤떨어지지 않아. 그 사실을 잊지 마. 오히려 네 실력이 더 나을 거야."

메르타 아줌마는 칭찬을 많이 하는 사람이 아니었다. 아줌마의 표현대로 하자면 칭찬을 많이 하는 건 아첨에 불과하다. 그런 메르타 아줌마가 이런 말을 하니 아주 이상했다.

"메르타 아줌마."

슈테피가 말을 꺼냈다.

"응?"

"절 돌보게 되어 한 번이라도 후회하신 적이 있으세요?"

메르타 아줌마는 그 질문에 놀란 듯했다.

"후회하냐고? 표현이 틀렸구나. 이런 문제에서는 후회란 게 없으니까."

"하지만 다른 아이를 원하신 적은 없으세요? 좀 씩씩한 아이 말이에요."

그때 더 이상한 일이 벌어졌다. 메르타 아줌마가 웃어 보인 것이다.

"네 머릿속에는 정말 이상한 생각이 들어 있구나. 난 그런 생각은 한 번도 해 본 적이 없어. 물론 네가 몇 번 어리석은 행동을 하기는 했지. 하지만 하느님이나 내가 용서할 수 없는 행동은 하지 않았어."

누가 더 엄격할까? 슈테피는 생각해 보았다. 메르타 아줌마가 더 엄격할까, 아니면 아줌마가 믿는 하느님이 더 엄격할까? 하느님은 늘 메르타 아줌마의 편일까? 아니면 메르타 아줌마가 늘 하느님의 편일까?

증기선은 황량한 바위와 암초 사이를 빠져나갔다. 그 뒤로 저 멀리에는 수평선이 보였다.

일 년 전, 슈테피와 동생 넬리는 배를 타고 지금 가는 길과 반대 방향으로 왔었다. 예테보리에서 이 섬으로 왔다. 그것은 빈에서 시작된 긴 여행의 마지막 구간이었다. 슈테피는 빈에 엄마 아빠를 두고 떠나왔다. 유대인 피난민 아이들은 스웨덴에 들어올 수 있었지만 어른들은 들어오지 못했다. 스웨덴 정부가 그렇게 결정했기 때문이다.

그때 슈테피는 모든 것을 두고 떠나왔다. 슈테피가 사랑하고 익숙했던 모든 것들을. 슈테피는 낯선 나라에 낯선 언어를 말하는 낯선 사람들에게로 왔다.

'여기는 바다와 돌뿐이에요.'

슈테피는 집으로 보내는 첫 편지에 이렇게 썼었다. 물론 그 편지는 부치지 않았다.

'여기서는 살 수가 없어요.'

이런 말도 썼었다.

그러나 이번에는 아무도 슈테피에게 여행을 강요하지 않았다. 슈테피 자신이 원한 여행이었다. 슈테피는 김나지움에 가고, 대학 입학 시험을 봐서 대학에 갈 생각이었다. 슈테피는 의사가 되고 싶었다. 슈테피의 아빠도 의사였다. 슈테피는 예전부터 의사가 되고 싶었다. 물론 옛날에는 당연히 빈에서 공부하게 될 거라고 생각했지만.

이제 슈테피는 다시 길을 떠난다. 메르타 아줌마와 에버트 아저씨 곁을 떠나, 마침내 친구가 된 베라 곁을 떠나, 알마 아줌마 가족과 함께 혼자 섬에 남은 동생 곁도 떠난다. 슈테피는 이제 다시는 한 곳에 정착하지 못하게 되는 걸까? 언제나 이곳 저곳으로 떠돌아다니게 될까?

예테보리가 가까워지면서 배는 예타 강으로 들어섰다.

슈테피가 청했다.

"갑판에 나가도 돼요? 바다에서 도시를 한번 바라보고 싶어요."

메르타 아줌마가 말했다.

"글쎄. 네가 정 원한다면."

두 사람은 배 난간에 기대어 섰다. 오른쪽으로는 도시가, 왼쪽으로는 조선소와 공장이 있는 히싱겐이라는 큰 섬이 보였다.

"저기 보이는 게 선원의 아내야."

메르타 아줌마는 높다란 기둥 위에 세워진 여자 동상을 가리키며 말했다.

"잘 봐. 동상은 바다를 바라보면서 자기 남편을 기다리고 있어."

동상의 얼굴은 자세히 보이지 않았다. 하지만 슈테피는 에버트 아저씨를 바다에 내보낸 뒤 메르타 아줌마가 늘 짓던 얼굴 표정을 떠올렸다. 아저씨가 고기 잡으러 바다에 나가고 나면 아줌마의 얼굴은 근심 때문에 늘 이마에 주름이 잡혀 있었다. 전쟁 중이었기 때문에 어로수역에는 수뢰가 묻혀 있었다. 그래서 스웨덴 어선과 무역선이 폭파되는 경우가 종종 벌어졌다. 스웨덴은 전쟁에 가담하지도 않았는데 말이다.

배는 부두에 정박했다. 부두는 항만 쪽은 넓다가 끝으로 가면서 점점 좁아지는 삼각형 모양이었다. 부두 양쪽으로는 암초 해안용 선박들이 잔뜩 매어져 있었다. 부두는 사람들로 혼잡했다. 배와 육지를 오가는 사람도 있고 친지를 기다리는 사람도 있었다. 파란 작업복을 입은 남자들은 부두에 주차시킨 트럭에서 짐과 상자를 내려 증기선으로 옮겨 실었다.

슈테피는 거의 현기증을 느꼈다. 이렇게 많은 사람을 한꺼번에 보기는 참 오랜만이었다. 슈테피는 손에 가방을 든 채 조심스럽게 발판을 내려왔다. 메르타 아줌마와 함께 선착장 쪽으로 떠밀리다시피 했다. 도로에는 매연을 내뿜는 자동차들로 가득했다.

부두의 나무판 바닥에서 내려선 슈테피는 보도블록이 깔린 거리로 들어섰다. 일 년 만에 처음으로 도심 거리에 발을 내딛는 순간이었다.

2

슈테피와 메르타 아줌마는 흰색 전차를 타고 시내로 갔다. 흰색 전차란 메르타 아줌마의 표현이었다. 슈테피 눈에는 도로를 따라 덜커덩거리며 달리는 여느 전차들처럼 밝은 파란색 전차 밖에는 보이지 않았다.

슈테피는 전차 창문밖으로 높은 석조건물, 상점의 쇼윈도, 옆으로 지나가는 광택 나는 자동차들을 바라보았다. 도시에 대한 기억이 마음속에서 서서히 떠올랐다. 아침에 지각할까 봐 서둘러 뛰는 다른 학생들과 부딪히지 않도록 조심하면서 비에 젖은 보도블록 위를 뛰어가던 기분이 떠올랐다. 쇼핑거리를 따라 천천히 산책하면서 멋진 옷을 차려 입은 마네킹을 구경하는 기분도 떠올랐다. 어렸을 때 슈테피는 빈에서 가장 친한 친구였던 에비와 함께 상점의 쇼윈도 앞에 한참 머물러 서서 상점 안에 있는 '숙녀들'에 대해 끊임없이 이야기하며 놀았다.

예테보리는 빈과 비슷한 점이라곤 없었지만 그래도 시끄러운 소리와 리듬이 넘치는 도시였다. 방금 전까지만 해도 슈테피의 마음속에 자리했던 슬픔과 불안감이 사라졌다. 대신 슈테피는 기대감에 부풀어 올랐다. 이곳 도시에서는 모든 것이 가능하다.

놀랍게도 메르타 아줌마가 오히려 불안해했다. 섬에서 아줌마는 늘 해야 할 일과 옳고 그른 일이 무엇인지 잘 판단해서 당당하게 행동했다. 그런 메르타 아줌마가 지금은 불안한 듯 사방을 둘러보며 하얀 여름장갑을 손가락으로 비비 꼬았다. 아줌마는 의사 부인이 적어준 쪽지에서 주소를 읽고 또 읽었다. 전차가 정거장에 멈춰 서기 직전 메르타 아줌마는 하차용 줄을 급하게 잡아당겼다. 전차가 멈춰 서고 나서야 아줌마는 줄을 너무 일찍 잡아당겼다는 것을 알았다. 메르타 아줌마가 운전사에게 다음 정거장에서 내린다고 설명하는 동안 사람들이 아줌마를 쳐다보았다.

정거장에서 내리자, 메르타 아줌마는 오른쪽, 왼쪽, 다시 오른쪽을 정신없이 쳐다보면서 거리를 건넜다. 두 사람은 나무가 죽 늘어선 거리에서 옆 골목으로 들어섰다. 집을 몇 채 지나자 모퉁이를 돌았다.

메르타 아줌마가 말했다.

"다 왔다."

황갈색 기와지붕으로 된 3층짜리 집이었다. 창문과 발코니에 달린 쇠 난간에는 무늬가 장식되어 있었다. 집은 앞쪽이 길 건너 공원을 향해 있었다. 이 공원은 작은 언덕을 이루고 있었다. 이 동네에 처음 집들이 들어서면서 터를 평평히 고를 때 깎지 않고 그냥 내버려 둔 것이다. 나무 사이로 난 좁은 오솔길은 물결치는 풀밭으로 이어졌다.

오래 전, 독일군이 들어오기 전에 슈테피는 빈의 어느 공원 근처에서 살았다. 큰 회전 놀이 기구가 있던 공원이었다.

"여기야."

메르타 아줌마는 현관문으로 가는 대신 모퉁이를 돌아 뒤쪽으로 갔다. 슈테피는 가방을 내려놓고 기다렸다.

메르타 아줌마가 말했다.

"어서 와."

"여기라면서 왜……."

메르타 아줌마는 슈테피의 말을 듣지도 않았다. 아줌마는 모퉁이를 돌아 열린 문을 지나서 뒷마당으로 들어섰다. 모퉁이에 있는 창고 앞에는 곰팡내 나는 쓰레기통이 있었다.

마당에는 작은 문들이 여러 개 있었고, 문마다 계단이 나 있었다. 메르타 아줌마는 사방을 둘러보더니 그 가운데 문 하나를 선택했다. 슈테피는 아줌마를 따라갔다.

슈테피는 가방을 끌고 3층까지 난 좁은 계단을 올라갔다. 슈테피는 도무지 이해할 수 없었지만 아무것도 묻지 않는 편이 좋겠다는 생각이 들었다.

마침내 두 사람은 높고 좁다란 문 앞에 이르렀다. 문에 달린 법랑 판에는 '세데르베리'라고 적혀 있었고, 그 아래에는 '부엌 입구'라고 적혀 있었다.

메르타 아줌마는 초인종 줄을 잡아당겼다. 잠시 후 앞치마를 두른 여자가 문을 열었다. 의사 집에서 일하는 가정부 엘나였다. 엘나도 여름 휴가 때 함께 섬에 와서 메르타 아줌마의 부엌 간이침대에서 잤다.

엘나가 인사했다.

"어서 오세요. 들어오세요. 사모님에게 말씀드릴게요."

두 사람은 부엌에서 기다렸다. 부엌은 넓고 천장이 높았다. 부엌문 위로 벽에는 작은 종이 높이 달려 있었고, 1부터 9까지 적힌 작은 숫자 판도 붙어 있었다. 그 중 하나에 숫자 5가 보였다. 다른 판은 모두 닫혀 있었다. 엘나가 나가면서 버튼을 누르자 판이 닫히면서 숫자 5가 사라졌다.

슈테피는 버튼을 누르면 어떤 일이 생길지 궁금했다. 하지만 감히 그렇게 하지는 못했다. 또 그렇게 하기도 유치한 일이었다. 어린아이라면 궁금해서 눌러 본다고 하겠지만.

그때 의사 사모님이 활짝 웃으면서 문가에 나타났다.

사모님이 큰 소리로 외쳤다.

"아니, 얀손 부인. 왜 뒷문으로 들어오셨어요? 게다가 계단을 걸어서 올라오시다니요! 집에 승강기가 있는데."

메르타 아줌마는 사모님의 유감 표시에도 아무 대답 없이 손만 내밀며 약간 굳은 채로 인사했다.

사모님은 똑같이 활달한 목소리로 말을 이었다.

"그리고 우리 귀여운 슈테피. 우리 집에 온 걸 환영해."

슈테피는 무릎을 살짝 굽혀 인사한 뒤 손을 내밀었다.

의사 사모님이 말했다.

"방을 보여 드릴게요. 따라오세요!"

부엌문은 복도로 이어졌다. 복도는 중간이 좁아져서 겨우 한 사람만 다닐 수 있었다. 복도 끝에 이르러 의사 사모님이 유리창이 끼워진 문을 열자 아름다운 양탄자가 깔린 마루가 나왔다.

마루 한쪽으로 난 이중문이 열려 있었다. 열린 문 사이로 고풍스런 가구들이 놓인 큰 방이 보였다. 이중문 맞은편에는 평범한 문이 있고, 몇 미터쯤 떨어진 곳에는 좌우만 바뀐 똑같은 문이 하나 더 있었다.

의사 사모님은 문 두 개 가운데 중 첫 번째 문을 열었다.

"여기에요!"

아름다운 방이었다. 넓고 환했다. 허리 높이에서 천장까지 창문이 나 있었다. 창문 아래에는 흰색 책상이 놓여 있었다. 가구들은 모두 흰색이었다. 서랍장, 의자, 책꽂이, 거울이 달린 화장대, 침대 역시 흰색이었는데 가장자리에는 주름잡힌 분홍색 침대보가 덮여 있었다. 양탄자는 연한 파란색 바탕에 분홍색 장미꽃봉오리 무늬가 가득했다. 가장자리 장식이 달린 흰색 커튼은 한쪽으로 걷혀져 끈으로 묶여 있었다. 화장대 위에는 분홍색 갓이 달린 램프가 놓여 있었다.

의사 사모님이 말했다.

"정말 여자 아이 방답죠? 카린이 살던 그대로 두었어요."

카린은 의사의 딸이자 스벤의 누나다.

"카린과 올레는 바스타드로 신혼여행을 떠났어요. 안타깝게도 이런 때에는 외국으로 여행할 수가 없잖아요. 전쟁이 모든 사람들에게 피해를 주는군요. 나름대로 말이지요. 결혼식 피로연을 준비하느라 내가 얼마나 고생했는지 상상도 못 하실 거예요, 얀손 부인. 도대체 배급이 다 뭐예요! 배급 때문에 우리 가정주부들은 정말 힘들지 않아요?"

메르타 아줌마는 맞장구를 치면서 뭐라고 중얼거렸지만 약간 불쾌해 보였다.

의사 사모님이 계속 말을 이었다.

"얀손 부인은 저와 경우가 다를지도 모르겠군요. 어부들이 지금 어느 때보다도 돈을 더 많이 번다고 들었거든요?"

그러자 메르타 아줌마는 사모님의 눈을 똑바로 쳐다보며 말했다.

"그렇긴 하죠. 목숨을 걸고 고기를 잡으니까요. 바다는 수뢰로 가득하죠."

이번에는 사모님이 사과의 말을 중얼거릴 차례였다. 하지만 다시 기분을 되찾은 사모님은 슈테피에게 한쪽 구석에 있는 옷장과 그 반대편에 놓인 세면대를 가리켰다.

사모님이 말했다.

"간단한 세수는 여기서 해도 돼. 욕실과 화장실은 복도 끝 부엌 옆에 있어."

방 안에는 문이 하나 더 있었다.

"이 문을 열면 뭐가 나오죠?"

슈테피는 궁금해서 묻지 않을 수 없었다.

의사 사모님이 대답했다.

"스벤 방이 나와."

사모님은 메르타 아줌마에게 말했다.

"자, 슈테피는 자기 방에 좀 적응하도록 내버려 두고 우린 서재에서 이야기나 좀 하지요."

슈테피는 혼자 남겨졌다. 자기 방에서. 스벤의 방과는 벽

하나를 사이에 두고. 이렇게 가까우니 아침마다 스벤이 일어나서 세수하고 옷장에서 깨끗한 옷을 꺼내 입으며 혼자 휘파람 부는 소리도 다 들릴 것 같았다.

하지만 지금 벽 너머 저쪽은 아주 조용했다. 스벤이 있었더라면 틀림없이 건너와서 슈테피에게 인사했을 텐데.

슈테피는 짐을 풀기 시작했다. 슈테피의 몇 벌 안 되는 옷은 커다란 옷장에 덩그러니 걸렸다. 카린은 옷이 참 많았던 모양이네, 슈테피가 생각했다. 서랍장도 채 절반도 차지 않았다. 책꽂이에는 책이 이미 몇 권 꽂혀 있었지만 슈테피가 가져온 책을 꽂을 자리는 아직도 충분했다.

뚜껑에 춤을 추는 작은 발레리나가 달린 보석 상자는 화장대 위 거울 앞에 올려 두었다. 빗, 솔, 머리핀을 넣기 위해 화장대 서랍을 열자 쪽지가 한 장 눈에 들어왔다.

안녕, 슈테파니.
우리 집에 온 거 환영해. 누나의 공주방에서 편안히
지내길 바라. 나는 산행을 떠나서 일요일에 돌아올 거야.
안녕, 스벤.

슈테피는 짧은 편지를 몇 번이고 읽었다. 다시 쪽지를 조심스럽게 접어서 일기장 속에 끼워 넣었다.

메르타 아줌마가 갈 시간이 되었다. 슈테피는 현관문까지 아줌마를 배웅했다.

메르타 아줌마가 말했다.

"몸조심해. 옷을 깨끗하게 입도록 조심하고. 집에 올 때 빨랫감 가져오는 거 잊지 마. 의사 가족에게 짐이 되지 않도록 늘 주의해라."

슈테피가 말했다.

"에버트 아저씨에게 안부 전해 주세요."

문가에서 메르타 아줌마는 슈테피를 향해 뒤돌아보았다.

"잘 있어, 귀여운 아가."

아줌마의 목소리가 순간 약하게 떨렸다. 아줌마는 승강기 문을 열었다. 마지막으로 슈테피 눈에 들어온 것은 승강기를 타고 아래로 사라지는 메르타 아줌마의 밀짚모자였다.

3

슈테피는 도대체 뭘 기대했던 것일까? 의사 가족이 슈테
피를 자기 자식처럼 받아들이기라도 할 거라고? 세데르베리
의사가 저녁 식사 후에 슈테피를 서재로 불러 큰 소리로 책
을 읽어 주거나 체스 게임이라도 할 거라고? 옛날에 아빠가
그랬던 것처럼? 아니면 사모님이 밤마다 슈테피 방에 들어
와 엄마처럼 이불을 덮어 줄 거라고?

슈테피가 이런 걸 기대했었다면 아주 실망했을 게 틀림없
다. 슈테피는 이 집에 가족으로 사는 게 아니라 세 들어 사는
사람일 뿐이었다.

첫날 저녁, 슈테피는 식당에서 의사 부부와 함께 저녁을
먹었다. 의사는 빈에 사는 슈테피 가족과 아빠의 직업에 대

해 건성으로 물었다. 슈테피는 2년 전에 독일 사람들이 와서 아빠의 개인 병원을 강제로 문 닫게 했다고 설명했다. 현재 아빠는 약이 부족해서 환자들이 죽어 가고 있는 유대인 병원에서 일하고 있다고 대답했다.

그러자 세데르베리 의사는 당황한 기색을 역력히 보이며 병원 접수처에서 일하는 여직원에 대해 부인에게 불편을 늘어놓기 시작했다. 칠칠치 못한 여자라고 의사가 말했다. 슈테피는 두 사람의 말을 흘려 들으며 조용히 음식을 먹었다.

식사를 끝내자 사모님은 엘나에게 거실로 커피를 갖다 달라고 청하더니 슈테피 쪽으로 몸을 돌렸다.

사모님이 말했다.

"그럼 잘 자라, 아가야."

의사 부부가 슈테피와 저녁 시간을 함께 보낼 생각이 전혀 없는 게 분명해 보였다. 슈테피는 저녁 잘 먹었다고 인사한 뒤 안녕히 주무시라고 중얼거리고는 자기 방으로 돌아왔다.

슈테피는 푸테가 어디 있는지 궁금했다. 슈테피는 섬에서 지낸 그 여름 동안 의사 가족의 개 푸테를 자기 개인 양 늘 산책을 시키고 다녔다. 푸테가 결혼한 카린 집에서 함께 살게 되는 건 아닌지 걱정했다. 그 생각을 하자 어찌나 슬퍼졌던지 슈테피는 울기 시작했다. 푸테가 이곳에 있다면 슈테피 침대에 함께 재웠을 텐데.

다음 날 아침, 슈테피는 일찍 잠에서 깼다. 일요일이어서 사방이 조용했다. 슈테피는 화장실이 급했지만 의사 부부가 잠을 깼는지 몰라서 일어날 수가 없었다.

9시쯤 되어서 거실 문이 열리는 소리가 들리자 슈테피는 침대에서 일어났다. 슈테피는 복도를 따라 여러 개의 방문을 더듬거리며 화장실로 갔다. 부엌문만 열려 있었다. 부엌에서는 엘나가 쟁반에 아침 식사를 담고 있었다. 사모님은 일요일에는 침대에서 아침 식사를 한다고 엘나가 말했다. 의사 선생님은 일요일 산책을 다녀와서 커피만 마신 뒤, 좀 늦은 오전 시간에 간단하게 식사를 한다고 엘나가 설명했다.

"넌? 배고프니?"

슈테피는 고개를 끄덕였다.

"식탁에 앉아 있어. 사모님에게 식사를 갖다 드리고 나서 아침 차려 줄게."

엘나가 커피를 마시는 동안 슈테피는 차와 버터 빵 몇 개를 먹었다. 엘나는 빵 상자, 버터와 치즈가 있는 곳을 슈테피에게 알려 주었다. 음식 저장실이 어찌나 큰지 사람이 들어갈 수 있을 정도였다. 앞으로는 슈테피가 직접 아침을 차려 먹고 점심으로 싸 갈 빵도 직접 만들기로 허락 받았다. 저녁은 엘나와 함께 부엌에서 먹기로 했다. 사모님의 특별한 지시가 없으면 말이다.

엘나가 궁금하다는 듯 물었다.

"부모님이 네 생활비를 대주시니? 외국에서 돈을 보내 주셔?"

슈테피는 얼굴이 빨개졌다. 엄마 아빠는 슈테피에게 보낼 돈이 없었다. 모든 재산을 나치에게 몰수당했다. 아름답고 우아한 슈테피 엄마는 남의 집 가정부가 되어 일한다. 엘나처럼.

하지만 슈테피는 그런 말은 하지 않았다. 또 메르타 아줌마와 에버트 아저씨가 슈테피의 몫으로 의사 가족에게 주는 돈의 일부도 원조기구에서 자선 모금으로 모은 돈이라는 사실 또한 말하지 않았다. 슈테피는 '학비는 없지만 재능이 있는 여학생'을 위한 장학금을 받기 때문에 그 돈으로 학비를 낸다는 말도 하지 않았다.

"양부모님이 내세요."

슈테피는 이렇게만 대답했다.

높다란 창문으로 햇살이 비쳐 들어오는 방 안에서 슈테피는 길고 긴 일요일 하루를 보냈다. 슈테피 방의 창문은 공원 쪽으로 난 게 아니라 쓰레기통과 창고가 보이는 마당 쪽으로 나 있었다. 높은 담 하나를 사이에 두고 역시 쓰레기통과 창고가 놓인 옆집 마당이 보였다. 옆집 마당에는 한쪽 구석에 푸른 덤불이 자란다는 것만 달랐다.

슈테피는 공원으로 산책을 나갈 수도 있었다. 하지만 그러려면 집에 다시 들어오기 위해서 열쇠를 달라고 하거나 초인종을 눌러야 했다. 슈테피는 엘나를 괜히 성가시게 하고 싶지 않았다. 게다가 스벤이 언제 집에 올지 몰랐다. 슈테피는 집에서 기다리고 있다가 스벤을 맞이하고 싶었다. 스벤이 몇 시에 오는지 엘나에게 묻고 싶어 안달이 날 정도였다.

여덟 살 정도 되어 보이는 두 명의 여자 아이가 마당에서 놀고 있었다. 둘 가운데 한 아이가 넬리와 닮아 보였다. 아이의 길게 딴 머리가 넬리처럼 새까맣지 않고 밝은 갈색인 것만 달랐다.

슈테피는 이제 머리를 땋지 않았다. 지난해 루시아 축제 이후에 머리를 자르고 난 뒤 머리가 별로 자라지 않았다. 머리는 어중간한 길이로 푸석하게 뭉쳐져 있었다. 그래서 메르타 아줌마는 예테보리로 떠나기 전에 슈테피의 머리를 잘라 주었다. 이제는 머리가 턱까지 내려왔다. 옆가르마를 타서 빗어 넘기자 나이가 좀 더 들어 보였다.

닫힌 문 저편에서 아득한 소음이 들렸다. 의사 선생님이 산책에서 돌아오면서 거실 문이 열리고 다시 닫히는 소리가 났다. 의사 부부의 목소리가 들렸지만 무슨 말인지는 한 마디도 알아들을 수가 없었다. 엘나는 부엌을 왔다갔다하며 일했고, 이따금씩 화장실 물 내려가는 소리도 들렸다. 한번은 전화벨이 울려 사모님이 한참 동안 누군가와 통화를 하더니 전화를 끊었다.

밖에서 들리는 소음은 비현실적으로 다가왔다. 슈테피와는 아무 상관도 없는 것 같았다. 슈테피 방 안에서는 시간이 조용히 흘러갔다. 수도꼭지에서 물 흐르는 소리가 들렸다.

오후 늦게야 엘나가 슈테피 방문을 두드리며 식사 준비가 다 되었다고 말했다.

엘나가 물었다.

"이런 날, 방 안에 틀어박히는 거 말고는 할 일이 없니? 하루 휴가를 받는다면 난 부엉이처럼 방 안에 웅크리고 있지는 않을 거야."

의사 부부는 스벤이 아직 집에 오지 않았는데도 식당에서 이미 저녁 식사를 마쳤다. 스벤은 저녁 식사 전까지는 돌아오기로 했었다고 엘나가 말했다. 그래서 사모님은 이리저리 몇 번이고 생각해 보았다가 그냥 스벤을 기다리지 않고 먼저 먹기로 결정했다. 기차역에 군사 이동이 많아서 스벤이 탄 기차가 몇 시간 연착할 수도 있다는 의사의 말 때문이었다.

부엌은 따뜻했지만, 엘나는 기분이 나빴다. 엘나는 시끄럽게 덜거덕거리며 부엌을 치우더니 슈테피가 다 먹지도 않은 접시를 거의 빼앗듯이 가져가 버렸다. 일요일 저녁에는 엘나도 퇴근을 해야 하는데, 스벤이 집에 오기 전까지는 퇴근을 할 수가 없어서였다.

　약혼자와 만나기로 약속했나 보다, 슈테피가 생각했다. 그래서 엘나는 마음이 아주 초조한 모양이었다.

　슈테피도 엘나만큼이나 초조하게 스벤을 기다렸다.

4

후식으로 나온 구스베리 크림을 먹고 있을 때 저택 현관문에서 큰 소리가 들렸다. 발자국 소리, 덜커덩거리며 문이 닫히는 소리, 또 목소리도 들렸다.

바로 그때 갈색과 흰색을 섞은 뭔가가 복도에서 부엌 쪽으로 쏜살같이 달려 들어왔다. 슈테피는 의자에서 일어나 바닥에 쪼그리고 앉아 반갑게 맞이했다.

"푸테."

슈테피는 귀 뒤의 부드러운 털을 어루만지며 속삭였다.

"푸테, 푸테, 푸테."

푸테는 슈테피 어깨 위에 발을 올려놓더니 슈테피의 뺨과 코를 핥았다. 엘나는 그런 슈테피를 못마땅한 눈으로 쳐다보았다.

엘나가 말했다.

"개는 부엌에 들어오면 안 돼."

그때 스벤이 부엌문에 모습을 나타냈다.

"슈테파니!"

스벤은 여름보다 더 까맣게 그을려 있었다. 머리카락은 더 자라서 눈까지 내려왔다. 스벤은 줄무늬 셔츠에 튼튼한 장화를 신은 활동적인 차림새를 하고 있었다. 스벤을 보자 슈테피의 마음이 아주 따뜻해졌다.

"개 좀 밖으로 데려가 줘, 스벤."

엘나는 이렇게 말하더니 말없이 스벤의 발쪽을 뚫어지게 쳐다보았다. 엘나의 눈길이 머문 곳에는 스벤의 장화에서 떨어진 마른 흙과 진흙 부스러기가 잔뜩 있었다. 물론 흙은 부엌바닥에만 떨어져 있는 게 아니었다. 현관에서 복도까지 온통 흙투성이였다.

스벤이 말했다.

"화내지 마세요, 엘나. 내가 곧 치울게요. 미처 몰랐어요. 미안해요."

그러자 엘나가 웃음을 지었다. 스벤에게는 화를 내기가 어려운 모양이었다.

스벤은 푸테의 목에 걸린 줄을 붙잡았다.

스벤이 슈테피에게 물었다.

"산책하러 같이 갈래?"

그러다가 슈테피가 반쯤 먹다가 남긴 구스베리 크림을 보았다.

"너 여기서 식사해? 왜 우리 부모님하고 같이 안 먹고?"

엘나가 슈테피 대신 대답해 주었다.

"사모님이 그게 더 좋겠다고 하셨어."

한순간 스벤의 회색 눈이 아주 가늘어 지더니 턱이 뻣뻣해졌다. 스벤은 웃으면서 슈테피 맞은편에 자리를 잡았다.

"그럼 나도 부엌에서 먹을 거야. 먹을 거 좀 있어요, 엘나?"

엘나는 급하게 식탁을 차렸다. 접시, 잔, 포크와 나이프를 놓고 저녁 식사를 다시 데웠다.

"언제 왔어?"

"어제."

"혼자서?"

대화는 수도꼭지에서 한 방울씩 똑똑 떨어지는 물방울처럼 단어 하나씩 내뱉으며 이루어졌다. 두 사람이 다시 만난 게 수줍기라도 한 것처럼.

"메르타 아줌마가 데려다 줬어."

스벤 가족이 섬에 있는 메르타 아줌마와 에버트 아저씨의 집을 빌려 여름 휴가를 보낼 때만 해도 두 사람은 수줍어하지 않았었다. 스벤이 슈테피보다 다섯 살 많긴 하지만 스벤은 슈테피를 동갑내기처럼 대했다. 두 사람은 푸테를 데리고 긴 산책을 하거나 여러 가지 대화를 나눴다. 두 사람이 읽었던 책에 대해, 전쟁에 대해, 미래에 대해.

스벤은 작가가 되고 싶어했다. 물론 스벤 부모님은 스벤이 아빠처럼 의사가 되기를 바랐다. 한번은 스벤이 직접 쓴 소설을 슈테피에게 읽어 주기도 했다. 소설은 자유와 민주주의를 수호하기 위해 자발적으로 스페인 내전에 참가한 젊은이에 관한 내용이었다. 이야기는 젊은 군인을 직접 다루는 대신 군인의 남동생 이야기로 이루어졌다. 너무 어려서 전쟁에 참가할 수 없는 남동생이 형이 전쟁터에서 보낸 편지를 읽으면서 무슨 생각을 하는지, 또 형이 전쟁터에서 죽었다는 소식을 접한 동생이 어떤 기분인지 다룬 소설이었다.

슈테피는 이 소설이 마음에 들긴 했지만 어떻게 전쟁에 참가하고 싶어할 수 있는지 도저히 이해가 안 되었다.

이제 두 사람은 수줍게 부엌 식탁에 앉아 있다. 스벤은 구운 송아지고기, 감자, 소스, 오이를 먹었다. 슈테피는 크림을 이리저리 쑤셔댔다. 엘나는 푸테를 부엌에서 내쫓은 뒤 바닥의 흙을 청소했다.

그때 사모님이 부엌으로 들어왔다.

"얘, 스벤. 왜 여기에 있니?"

스벤이 말했다.

"그럼 내가 혼자 식당에서 밥 먹을 줄 아셨어요? 엄마 아빠는 이미 드셨잖아요."

사모님이 말했다.

"그렇구나. 밥 다 먹고 나면 옷 갈아입어. 역으로 카린과 올레를 마중하러 갈 거니까. 아빠가 둘을 새로 얻은 집까지 바래다 주시겠다고 약속하셨거든. 짐이 아주 많대."

스벤이 말했다.

"두 분이서 가세요. 난 슈테파니하고 산책하면서 슈테파니가 다니게 될 학교나 보여 줄래요."

사모님은 안 된다고 말하려고 입을 뗐지만, 채 말을 꺼내기도 전에 스벤이 먼저 선수쳤다.

"안 그러면 슈테파니가 어떻게 내일 아침 일찍 학교를 찾아 가겠어요? 엄마가 데려다 주실 건가요? 아니면 엘나가? 난 못 데려다 줘요. 우리 학교 수업은 여덟 시면 벌써 시작하니까."

사모님이 말했다.

"그럼 넌 누나 일은 아무 상관도 없니?"

하지만 목소리에서는 이미 스벤을 설득하기를 포기했다는 것이 느껴졌다.

스벤이 말했다.

"화내지 마세요, 엄마. 우린 푸테하고 산책할 거예요. 어차피 푸테는 산책시켜야 하니까 그 문제라도 해결되잖아요."

사모님이 부엌에서 나가고 나자 스벤이 말했다.

"우리 가족은 원래는 아주 정상이야. 사소한 일을 좀 중요하게 여길 뿐이지. 얼른 샤워하고 옷 갈아입고 나서 삼십 분 후에 산책하러 가자. 괜찮지?"

슈테피는 고개를 끄덕였다. 스벤이 욕실로 사라진 동안 슈테피는 엘나를 도와 식탁을 치웠다. 그런 뒤에 슈테피는 자기 방에서 기다렸다. 스벤이 휘파람을 불면서 복도를 지나가는 소리가 들렸다. 잠시 후 슈테피와 스벤 방 사이에 있는 문에서 똑똑 소리가 났다.

"준비 다 됐어?"

두 사람은 푸테를 줄에 매어 계단을 내려갔다. 줄을 놓아주자 바닥에 줄이 질질 끌렸다. 푸테가 얼마나 밖에 나가고 싶어하는지 보기만 해도 알 수 있었다. 슈테피와 스벤이 아무리 빨리 달려봤자 푸테를 따라잡을 수가 없었다. 벌써 현관문 앞에 도착한 푸테는 왜 그렇게 늦느냐는 얼굴로 쳐다보았다.

거리에 나오자 스벤은 왼쪽 길로 접어들었다가 잠시 후 다시 왼쪽 길로 꺾었다. 두 사람이 들어선 곳은 나무가 죽 늘어선 거리였지만 그 길은 전날 메르타 아줌마와 슈테피가 전차에서 내려서 걸었던 길은 아니었다.

잠시 후 두 사람은 세 면이 모두 노란색 벽돌집으로 둘러싸인 광장에 이르렀다. 모두 아주 현대적인 건물로, 정면은 유리와 크롬으로 번쩍였다. 광장 한가운데는 건장한 남자 동상과 함께 분수가 있었다. 머리카락이 거머리말처럼 돌돌 말린 남자 동상은 물고기와 바다 생물로 둘러싸여 있었다.

스벤이 말했다.

"포세이돈이야. 그리스 신화에 나오는 바다신이지. 여기가 예타 광장이야."

스벤은 앞에 보이는 여러 건물들을 가리켰다.

"이건 시립극장이야. 저 위는 미술관이고 저기는 콘서트홀이야."

슈테피는 모두 새 건물처럼 보이는 게 이상했다. 빈에 있는 극장과 박물관은 모두 기둥, 현관, 둥근 지붕, 조각상으로 이루어진 아주 오래 된 건물들인데.

두 사람은 예타 광장을 지나 시립극장과 미술관 입구의 높은 계단 사이로 난 좁은 골목으로 들어섰다.

"여기야. 네가 다닐 학교 말이야. 여자 김나지움이지."

학교는 방금 보았던 건물들과 비슷하게 생겼다. 노란 벽돌로 된 매끈한 정면에는 윤이 나는 창문들이 나 있었다. 학교 건물은 아스팔트가 깔린 마당을 끼고 한쪽 구석에 놓여 있었다. 한 건물은 4층으로 되어 있고, 또다른 건물은 이보다 층은 낮았지만 맨 꼭대기 층에 창문이 높다랗게 달린 걸 보니 대강당인 모양이었다.

슈테피가 말했다.

"멋지다."

스벤이 말했다.

"감옥 같은 우리 학교보다는 훨씬 낫지. 우리 학교는 다음 기회에 보여 줄게. 가자. 자, 푸테하고 연못으로 가자."

두 사람은 학교를 지나 작은 모래밭이 있는 곳으로 갔다. 두 사람 앞으로 수면이 잔잔한 검은 연못이 나타났다. 연못 위에는 하얀 연꽃이 피어 있었다. 연못 저쪽 편에는 붉은 연꽃이 자라고 있었다. 백조와 오리가 연꽃 사이를 헤엄쳐 다녔다. 연못 위로 흐드러지게 내려 온 수양버들이 물 속에 잔잔하게 비쳤다. 연못 건너편으로는 푸른 풀밭과 함께 야생 포도나무로 완전히 뒤덮인 커다란 벽돌집이 보였다. 동화 속에 나오는 집처럼 보였다.

슈테피와 스벤은 나무 아래 벤치가 놓인 곳까지 연못가를 따라 걸었다. 벤치에 앉자, 스벤은 푸테를 풀어 주었다.

스벤이 물었다.

"학교 때문에 긴장되니?"

"약간은."

스벤이 말했다.

"그럴 필요 없어. 넌 반에서 가장 똑똑한 학생일 거야. 그렇다고 꼭 성적이 가장 좋아야 한다는 말은 아니지만. 우리 학교 제도는 스스로 생각하는 능력에는 별로 큰 가치를 두지 않아. 그러니까 성적에 연연하지 말고 네게 도움이 될 만한 것을 배우는 데 학교를 잘 이용해. 그게 가장 중요해."

슈테피는 스벤의 말이 옳다는 것을 알았다. 하지만 성적이 상위권에 들지 않으면 다음 학기에 장학금을 받을 수 없다는 것도 알았다. 그러면 메르타 아줌마와 에버트 아저씨는 슈테피가 김나지움에 못 다니게 할지도 모른다. 슈테피는 좋은 성적을 받아야만 한다.

스벤이 말했다.

"중요한 게 또 하나 있어. 네가 다닐 학교는 어떤지 모르겠어. 하지만 우리 학교의 일부 선생님들은 독일에서 일어나는 새로운 질서에 동조해서. 그 선생님들은 스웨덴에도 이 새로운 질서가 도입되기를 바라지. 그런 선생님들을 조심해. 그런 사람들 때문에 상처받지 않도록 해. 널 정말 괴롭히는 선생이 있으면 내게 말해 주고."

슈테피는 웃고 말았다.

"그럼 어떻게 할 건데?"

스벤도 웃었다.

"그럼 물론 못된 용에게서 널 구하러 백마를 타고 가야지."

스벤이 자리에서 일어섰다.

"자, 이제 그만 집에 가자."

스벤이 푸테의 목에 줄을 매는 사이 슈테피는 신비한 연꽃 연못을 바라보았다. 슈테피는 앞으로 이곳에 자주 와야겠다고 생각했다.

5

다음 날, 슈테피가 학교에 도착했을 때 노란 학교 건물 벽 시계는 9시 10분을 가리키고 있었다. 스웨덴 국기가 걸려 있고 교정에는 여학생들로 가득 찼다. 가장 나이가 어린 학생이 슈테피 또래였고, 가장 나이가 많은 학생들은 젊은 숙녀처럼 정장을 입고 모자를 썼다.

이곳 아이들은 섬마을 아이들처럼 학교 운동장에서 뛰어놀지 않았다. 노는 학생이라고는 조용하게 벽에 공을 던지는 나이 어린 여학생 몇 명이 전부였다. 대부분은 팔짱을 끼고 산책을 하거나 큰 무리를 지어 대화를 나누었다. 하지만 몇 명은 슈테피처럼 혼자였다.

슈테피는 실비아를 보았다. 실비아는 섬에서 슈테피와 같은 반에 다녔던 가게 집 딸이다. 섬에서 함께 학교를 다녔던 잉그리드도 실비아와 함께 있었다. 두 사람은 슈테피를 못 보았고, 슈테피도 굳이 두 사람을 부르지 않았다.

높다란 창문이 달린 건물 꼭대기 층은 슈테피 추측대로 대강당이 맞았다. 대강당에서 교장이 새 학기 인사를 하는 동안 전교생은 모두 중간 통로를 사이에 두고 양편으로 갈라져 나무 의자에 앉아 있었다. 학교 합창단이 노래를 불렀다. 반 편성도 했다.

"슈테파니 슈타이너?"

"네."

슈테피는 1학년 4A반이 되었다. 실비아와 잉그리드는 함께 1학년 4A반에 들어갔다. 슈테피는 잘됐다는 생각이 들었다. 섬에서 보냈던 지난 학기처럼 실비아가 아직도 무서워서 잘됐다는 건 아니다. 슈테피는 그저 아무것도 없는 백지상태에서 새로 시작하고 싶었다. 아무도 슈테피를 모르고 선입견을 갖지 않는 반에서 시작하고 싶었다. '슈테파니'로 살아가고 싶었다.

대강당에서 나오자 모두 교실로 들어갔다. 1학년 4A반의 담임 선생님은 젊은 여선생님이었다. 선생님은 짧게 자른 검정머리에 치마바지를 입고 있었다. 헤드비그 비에르크라는 이 선생님은 수학과 생물을 가르친다.

선생님이 말했다.

"여러분! 이젠 자연과학이 미래야. 내가 너희들을 맡게 되었으니 모두 이과계통으로 진학했으면 하는 게 내 바람이야."

까만 앞머리 아래 선생님의 눈은 영리하게 빛났다. 선생님이 농담으로 한 말인지 진담으로 한 말인지 알 수 없었다. 슈테피는 헤드비그 비에르크 선생님이 마음에 들었다.

칠판에는 내일까지 책방에 가서 구입해야 하는 책 목록이 적혀 있었다. 학생들 모두 책 제목을 베껴 썼다. 비에르크 선생님은 호명이 끝나면 원하는 사람은 식당에 가서 상급생들에게서 헌 책을 구입해도 좋다고 말했다.

슈테피 반에는 여학생이 모두 35명이었다. 키가 큰 아이, 작은 아이, 뚱뚱한 아이, 날씬한 아이, 안경을 쓴 아이, 안 쓴 아이 등 다양했다. 대체로 금발머리였지만 몇 명은 갈색머리였다. 그 중 한 명은 슈테피처럼 까만 머리였다. 슈테피는 그 아이의 이름은 뭐고 어느 나라에서 왔는지 궁금해서 한번 물어 보려고 했다. 하지만 슈테피가 반을 나서기도 전에 그 아이는 이미 사라지고 없었다.

복도에는 여학생들 한 무리가 금발의 곱슬머리 여자 아이 두 명을 빙 둘러싼 채 모여 있었다. 두 아이는 자매가 아닌데도 외모가 아주 많이 닮았다. 커다란 파란 눈과 작고 둥그런 입까지. 옷도 요즘 유행하는 스타일로 똑같이 입었다. 한 사람은 파란색이고, 다른 사람은 푸른색일 뿐이었다.

푸른색 옷을 입은 아이는 이름이 해리엇이고 파란색 옷을 입은 아이는 릴리안이었다. 두 아이는 반에서 가장 예뻤다. 그 아이들도 자신이 가장 예쁘다는 것을 아는 듯했다.

슈테피는 식당으로 가서 비교적 깨끗해 보이는 헌 책을 몇 권 샀다. 장학금으로 살아가려면 돈을 아껴야 했다.

슈테피가 밖으로 나오자 누군가 슈테피 이름을 불렀다.

"안녕, 슈테파니!"

실비아도 잉그리드도 아니었다. 실비아나 잉그리드였더라면 '슈테피' 하고 불렀을 것이다. 슈테피는 뒤를 돌아보았다.

뒤에는 둥근 얼굴에 안경을 쓴 여자 아이가 서 있었다.

그 아이가 말했다.

"내 이름은 마이 칼손이야. 너와 같은 반이야."

슈테피가 말했다.

"알아. 아까 봤어."

"책 몇 권 샀니?"

슈테피는 자기가 산 책을 보여 주었다.

"독일어 문법책은 정말 비싸."

마이는 목소리에 부러움을 담아 말했다.

"넌 운이 좋았구나! 난 이것밖에 못 샀는데."

마이도 책을 몇 권 보여 주었다.

마이는 슈테피 팔 밑으로 자기 팔을 끼며 말했다.

"있잖아. 난 돈을 많이 아껴야 해. 책과 교통비는 장학금으로 받아. 안 그러면 우리 부모님은 날 학교에 못 보내셨을 거야. 우리 집에는 아이들이 일곱 명이나 있거든. 우리 아빠는 예타 공장에서 일하셔."

슈테피가 말했다.

"나도 마찬가지야. 내 말은, 나도 장학금을 받는다고."

"너도? 그런 줄 몰랐어."

두 사람은 이야기를 하며 서점에 가서 책, 공책, 연필을 샀다. 마이는 빵집에 가서 깨진 과자를 5외레어치 사서 봉지에 담았다. 두 사람은 벤치에 앉아 이야기를 나누면서 좀 덜 부스러진 과자를 꺼내 먹었다.

마이가 물었다.

"교실에서 우리 같이 앉을래?"

"응, 좋아."

마이는 슈테피를 데리고 시내에 가서 전차 체계를 설명해 주었다. 이제야 슈테피는 전차 차량 자체는 모두 파란색이지만 각 노선마다 전차 앞쪽 표지판에 붙은 고유 색깔로 노선을 구분한다는 것을 알았다.

"예를 들어 저 푸른색 전차는 에른 광장을 지나 마요르나

의 우리 집으로 가. 하지만 넌 저 전차를 탈 필요가 없어. 주
소를 보니까 넌 부자 동네에 살더라."

마이의 목소리에는 부러움이 묻어 있었다.

슈테피가 말했다.

"세 들어 사는 건데 뭐. 원래 우리 집이 아니야."

슈테피는 마이에게 지난 해 가을에 섬에 오게 된 경위와
섬에서 학교에 다닌 이야기를 해 주었다. 슈테피의 선생님이
상급 학교에 진학하라고 했지만 메르타 아줌마와 에버트 아
저씨가 처음에는 반대했다는 이야기도 했다. 하지만 의사 사
모님이 슈테피를 예테보리의 자기 집에서 지내고 장학금도
받을 수 있도록 도와주었다고 설명했다.

교회 시계탑이 12시를 치자, 마이는 그만 집에 가야 한다
고 말했다.

"동생들을 돌봐야 하거든. 엄마는 오후에 청소 일을 하러
가셔."

슈테피가 물었다.

"그럼 하루 종일 수업이 있는 날은 오후에 누가 동생들을
돌보니?"

마이가 말했다.

"어떻게 되겠지, 뭐. 이웃집에서 봐 주겠지. 아니면 브리텐
이 돌보거나. 브리텐은 벌써 열한 살이거든. 전차 왔다. 내일

보자."

마이는 전차에 올라탔다. 슈테피는 의사 가족의 집으로 오
는 길을 잘 찾아서 돌아왔다. 그날 오후는 책표지를 싸고 부
모님에게 긴 편지를 쓰며 시간을 보냈다.

슈테피는 새로운 방, 학교, 담임 선생님에 대해 썼다. 늘
그랬듯이 모든 걸 가능한 긍정적으로 설명하려고 애썼다. 부
모님에게 걱정을 끼쳐 드리고 싶지 않았다. 그래서 의사 가
족의 대저택에서 외로움을 느낀다는 이야기는 쓰지 않았다.
어떤 이유에서인지 마이 칼손에 대해 쓴다는 것도 그만 잊어
버렸다.

6

 다음 날 아침, 슈테피의 책가방은 책으로 가득 찼다. 그래서 버터 빵 봉지는 가방 밖에 달린 주머니에 넣었다. 우유는 따로 가져갈 필요가 없었다. 우유는 학교 식당에서 무료로 주었다.

 해리엇과 릴리안은 오늘도 꽃무늬 옷을 똑같이 입고 왔다. 어제처럼 두 아이는 복도에서 킬킬대는 아이들 무리 한가운데 있었다. 슈테피는 그 아이들과 어울리고 싶은 생각이 없었다. 따돌림 당할까 봐 두려운 건 아니지만 무리 맨 뒤에서 아무 말 못하고 가만히 서 있을 게 뻔하기 때문이다. 슈테피는 잘 모르는 사람과 스웨덴어로 말하는 게 아직도 힘들었다. 아직 말의 뉘앙스를 제대로 이해하지 못해서 사람들에게 종종 오해받는 경우도 있었다.

마이 칼손은 슈테피 옆에 앉을 수 있도록 신경 써서 자리를 바꿨다. 가장 늦게 교실로 들어온 검정머리 소녀는 빈 자리에 앉았다.

하루 종일 선생님 다섯 명이 교대로 수업을 했다. 헤드비그 비에르크 선생님은 오늘 수업을 하지 않았다. 화요일에는 생물과 수학 수업이 없기 때문이다. 스웨덴어를 가르치는 늙은 알베리 선생님, 얼굴이 예쁜 수예 선생님, 운동장에서 학생들을 흐트러짐 없이 똑바로 줄 세우는 체육 선생 수업이 들어 있었다. 체육 선생은 계속 호루라기를 불었다.

"하나, 둘, 셋, 하나, 둘, 셋…… 줄 똑바로 서!"

체육이 끝나면 점심 시간이었다. 슈테피가 식당으로 들어갔을 때 검정머리 소녀가 혼자 식탁에 앉아 있었다. 슈테피는 우유 잔을 들고 검정머리 소녀에게 다가갔다.

"옆에 앉아도 되니?"

검정머리 소녀는 관심 없다는 듯 고개를 끄덕였다.

사실 슈테피는 직설적으로 물을 생각은 없었다. 그 말은 자신도 모르게 그냥 입 밖으로 튀어나왔다.

"너도 유대인이지?"

검정머리 소녀가 화를 냈다.

"그게 너하고 무슨 상관이니? 착각하지 마. 난 스웨덴 사람이야."

슈테피는 왜 이렇게 화를 내는지 이해할 수가 없었다.

빈에서라면 이해할 수 있다. 자기 엄마가 가톨릭 신자라고 늘 자신을 변호하는 에비처럼 그러나보다, 생각했을 것이다. 하지만 이곳 스웨덴에서는 유대인이란 게 전혀 위험할 게 없지 않을까? 그러니 슈테피 말이 틀렸으면, 또 검정머리와 갈색 눈에 대해 딴 이유가 있으면 그것만 말하면 되는 게 아닐까?

슈테피가 중얼거렸다.

"미안해. 내 말은 그게 아니라…… 단지 나는……."

바로 그때 마이 칼손이 다가와 슈테피 옆자리에 앉았다. 마이는 아무것도 눈치채지 못했다. 마이는 체육 선생님의 교련 수업에 대해 유쾌하게 말을 꺼냈다.

"체육 선생님은 수업 시간에 교련이나 제자리 뛰기 같은 거나 시킬 건가 봐. 크리켓 같은 건 안 하고 말이야."

검정머리 소녀는 자리에서 일어나 홱 가버렸다. 우유는 거의 손도 대지 않은 채 식탁 위에 남겨졌다. 우유 잔만이 그 아이가 앉았다 간 자리라는 걸 말해 주었다. 버터 빵 봉지도, 빵 부스러기조차 하나 떨어져 있지 않았다.

점심 시간이 지나서는 역사와 종교 수업을 맡은 프레드릭손 선생님 시간이었다.

"너희 중에 종교 수업을 면제받고 싶은 학생 있니? 그런 사람은 다른 종교를 믿는다는 증명서를 제출하길 바란다."

빈에서 슈테피와 다른 유대 학생들은 랍비가 가르치는 종교 수업을 듣고, 가톨릭이나 개신교를 믿는 아이들은 각각 신부와 목사가 가르치는 종교 수업을 들었다. 섬에서는 종교 수업을 면제받고 싶은지 아무도 묻지 않았다. 사실 슈테피는 이제 크리스천이 되었다. 세례를 받았고 성령강림절교회 신자가 되었다.

슈테피는 뒤를 돌아 검정머리 소녀를 쳐다보았다. 그 아이는 아무렇지도 않은 듯 손톱을 들여다보았다.

프레드릭손 선생님이 다시 물었다.

"아무도 없니?"

슈테피는 선생님이 자신을 보는 것 같았다. 그래서 고개를 흔들었다.

마이 칼손이 물었다.

"무신론자도 면제받을 수 있나요?"

프레드릭손 선생님이 대답했다.

"네 나이 때는, 무신론자가 뭔지 모르는 법이야. 그런 멍청한 질문은 아꼈다가 나중에 크거든 하렴."

이날 마지막 수업은 두 시간짜리 독일어 수업이었다. 일주일에 일곱 시간이 독일어 수업이었다. 많은 아이들이 수업이 시작되기도 전에 한숨부터 지었다.

"독일어 동사라니! 3격, 4격 지배 전치사는 또 어떻고!"

학생들은 벌써 언니나 친구들에게서 독일어가 어렵다는 이야기를 듣고 있었다.

슈테피는 걱정할 필요가 없었다. 독일어는 슈테피의 모국어니까.

독일어 선생님은 이름이 크란츠였다. 크란츠 선생님에 대해서는 평이 좋지 않았다.

"마녀래."

교실에 있던 한 아이가 이렇게 속삭이자, 다른 아이들이 조용히 하라고 쉿 소리를 냈다.

크란츠 선생님이 입은 하얀 블라우스는 티 하나 없이 깨끗했다. 새로 풀을 먹인 블라우스의 단추를 목까지 채웠다. 선생님이 교탁 뒤에서 왔다갔다 할 때마다 구두 굽이 큰 소리로 바닥에 울렸다.

선생님이 설명했다.

"문법은 기초야. 문법을 공부하지 않으면 독일어를 배울 수가 없어. 그러니까 열심히 공부하지 않으면 독일어를 배울 수가 없다는 뜻이야. 나한테 배우는 학생들은 공부를 열심히 해야 해. 반년쯤 지나면 한밤중에 자다가도 일어나서 3격, 4격 지배 전치사를 막힘없이 술술 외울 수 있어야 해. 그렇게 못 하는 학생은 시험에 떨어질 거야. 알아듣겠어?"

슈테피는 진짜 크란츠 선생님이 밤에 학생들 집으로 찾아가 깨울지 궁금했다. 그러다가 그냥 말이 그렇겠지, 설마 하는 생각도 들었다. 슈테피는 3격과 4격 지배 전치사가 뭔지 확실치는 않았지만 곧 알게 될 것 같았다. 게다가 크란츠 선생님의 말을 알아듣는 사람은 아무도 없는 것 같았다.

선생님이 이름을 하나씩 부르면 학생들은 자리에서 일어나 독일어로 자신을 소개해야 했다.

검정머리 소녀가 말했다.

"내 이름은 알리스 마틴입니다."

"내 이름은 마이 칼손입니다."

그 발음은 독일어라기보다는 마치 예테보리 사투리처럼 들렸다.

"내 이름은 슈테파니 슈타이너입니다."

크란츠 선생님은 어깨를 으쓱했다.

"발음이 왜 그래? 넌 어디서 왔니?"

슈테피가 작은 소리로 대답했다.

"빈에서요."

"피난민이야?"

"네."

크란츠 선생님이 말했다.

"학교에서는 빈 사투리를 쓰면 안 돼. 우리 학교에서는 순수 독일어만 사용해. 독일 제국의 수도 베를린에서 쓰는 순수 독일어로 말이지."

선생님은 이렇게 말하면서 슈테파니 슈타이너도 주의하라고 당부했다.

슈테피의 얼굴이 새빨개졌다. 전혀 예상치 못한 일이었다. 앞으로 독일어는 슈테피가 가장 잘하는 과목이 아니라 가장 어려운 과목이 될 것 같았다.

마이 칼손이 안타까운 마음으로 슈테피의 귀에 대고 속삭였다.

"백년 묵은 뱀 같으니라고. 신경 쓰지 마."

오후에 슈테피와 스벤은 푸테를 데리고 집 맞은편 공원으로 산책을 갔다. 둘 다 각자 자기 선생님에 대해 이야기했다. 스벤은 스웨덴어 선생님만 좋아했다. 스벤에게 글쓰기를 격려해 준 선생님이라고 한다. 스벤의 말로는 다른 선생님들은 모두 늙다리에다, 그 중 일부는 나치에 호의적이기까지 하다는 것이다.

스벤이 말했다.

"그런 사람들은 교사가 되면 안 돼. 갈색은 괜찮다고 하면서 빨간색은 안 된다고 하지."

"빨간색?"

"응. 공산주의 말이야."

"스벤은 공산주의자야?"

스벤이 말했다.

"아니. 난 공산주의자는 아니야. 하지만 공산주의자들의 주장 중에는 옳은 게 많아. 우리 사회는 좀 더 공평해져야 해. 늙고 게으름뱅이들은 모두 사라져야 해. 부를 상속받는 사람도. 군대도. 자기들끼리만 돕는 공무원들도 말이야."

슈테피는 생각에 잠겼다. 옳은 말처럼 들리기도 하지만…….

스벤이 말했다.

"나치스도 노인과 부자를 반대해. 다 민족을 위해서라고 주장하지."

"그건 거짓말이야. 독일의 대기업들은 모두 나치스에게 돈을 대고 있어. 전쟁 산업이지. 그러고는 실업과 가난은 모두 유대인들 책임으로 돌리고 있어."

스벤은 이마로 수북이 내려온 머리를 쓸어 올렸다. 스벤의 갈색 앞머리는 여행에서 돌아왔을 때처럼 그렇게 길지는 않았다. 사모님이 시간이 날 때 스벤을 얼른 이발소로 보냈기 때문이다.

슈테피가 물었다.

"넌 얼마나 걸릴 거라고 생각하니?"

"뭐가?"

"전쟁 말이야."

스벤은 한숨을 지었다.

"나도 몰라. 현재로서는 상황이 나빠 보여."

정말 상황이 나빠 보였다. 덴마크와 노르웨이 외에도 현재 프랑스, 벨기에, 네덜란드가 점령되었다. 이탈리아는 전쟁에서 독일과 동맹을 맺었다. 지난 며칠 동안 독일군은 런던을 폭격하기 시작했다. 라디오 뉴스에서는 수많은 사상자와 부상자가 발생했으며, 폭격으로 집을 잃은 이재민들도 무수히 나왔다고 발표했다.

"만약 그들이 이기면 어떡하지?"

"독일이?"

슈테피는 고개를 끄덕였다.

스벤이 말했다.

"절대 그런 일 없어. 독일은 절대 이길 수 없어. 알겠어?"

슈테피는 스벤의 말을 믿고 싶었다.

7

　스벤이 마지막 학기를 다니는 남자 김나지움은 요새처럼 산꼭대기에 있었다. 양쪽으로 거대한 탑이 있는 육중한 검붉은 색의 건물이었다. 탑 꼭대기 바로 아래에는 작은 구멍들이 나란히 나 있었다. 슈테피의 역사책에 나오는 중세의 요새 그림을 보면 이 탑과 거의 똑같이 생긴 탑에 작은 구멍들이 나 있었다. 적이 가까이 오면 이 작은 구멍을 통해 활을 쏘았다. 아침 조회 때 '하느님은 안전한 요새'라는 찬송가를 부를 때마다 슈테피는 이 남자 김나지움을 떠올렸다.

　남학생들이 다니는 검붉은 요새와 여학생들이 다니는 연노란 학교 건물은 서로 가까운 거리에 있었다. 웅장한 벽돌집 앞 골목길로 죽 가다가 연꽃 연못 위쪽으로 공원을 지나

자갈길로 가면 지름길이 나온다. 그러면 여자 김나지움 건물을 빙 둘러싼 낮은 담장 앞에서 여학생들이 나오기를 기다릴 수 있다. 실제로 그렇게 하는 남학생들이 많았다. 하지만 1학년 4반에서는 해리엇과 릴리안만 교문에서 기다리는 남학생들이 있었다. 수업이 끝나거나 때로는 점심 시간에도 이 두 소녀의 '기사'는 교문에 서 있었다. 남자 김나지움에 다니는 열다섯 살짜리 여드름투성이 남학생 두 명이었다.

해리엇과 릴리안은 우리 반의 여왕이었다. 두 소녀는 잘난 척하거나 협박하거나 폭력을 이용해서 반을 다스리지 않았다. 섬에 있을 때 슈테피와 같은 반에서 공부하던 실비아처럼 말이다. 해리엇과 릴리안은 늘 유쾌하고 모두에게 친절하게 대했다. 두 소녀는 다른 여자 아이들을 파리 떼처럼 꼬이게 하는 설탕조각 같았다. 모두들 해리엇과 릴리안과 함께 있으면서 어떻게든 그 눈부신 빛을 쬐고 싶어했다.

거의 모두가 그랬다. 경쟁심이 많은 학생이나, 아직도 쉬는 시간이면 학교 운동장에서 유치하게 고무줄놀이를 하는 학생들만 빼고. 또 건방진 태도로 반 아이들과 거리를 두는 검정머리 알리스와 마이 칼손도 빼야 한다.

마이는 경멸하듯 씩씩거렸다.

"잘난 척하기는. 저 애들은 외모만 신경 쓰지."

하지만 슈테피는 교실 앞 복도에서 해리엇과 릴리안을 둘러싼 아이들 무리에 한 번씩 기웃거렸다. 별로 기웃대고 싶지는 않았지만 두 소녀가 비밀 편지니, 약속이니, 오해니, 용서니 하며 속삭이는 얘기들을 그냥 지나칠 수가 없었다.

해리엇이 말했다.

"사랑은 정말 멋진 거야."

마치 사랑에 대해 안다는 듯이! 자기를 쫓아다니는 남자 아이를 일부러 기다리게 해 놓고서는 마치 약속을 잊었다는 듯이 굴면서. 해리엇은 남자 아이에게 키스해도 된다고 말했다가 다시 하지 말라고 번복하는 유형이다. 남자 아이를 일부러 자극하고 괴롭히는데 그건 릴리안도 마찬가지였다.

릴리안이 말했다.

"그렇게 해야 해. 안 그러면 남자 아이들이 흥미를 잃고 말거든."

사랑은 그런 게 아니야. 슈테피는 그걸 알고 있었다.

슈테피는 스벤을 사랑한다.

스벤의 모든 것을 사랑한다. 이마 위로 흘러내리는 스벤의 갈색 머리, 회색 눈, 솟아오른 광대뼈. 목소리, 손, 걸음걸이. 그리고 보이지 않는 것까지 모두. 스벤 자체를.

슈테피는 스벤에게 그 사실을 말하지 않았다. 그럴 필요가 없다. 슈테피는 스벤과 함께 있을 수 있다는 것만으로도 충분했다. 아직은 자신의 사랑을 따뜻한 실타래처럼 잘 간직하고 싶었다. 슈테피를 기쁘게 해 주는 예상치 못한 노크 소리처럼.

시간이 많이 흐르면 스벤도 이해하게 될 것이다. 그때는 스벤이 먼저 손을 내밀어 슈테피를 어루만질 것이다. 그러고는 이렇게 말할 것이다.

"슈테파니, 사랑해."

슈테피는 이제 어린 소녀가 아니다. 곧 꺼칠꺼칠한 내의와 따끔거리는 털실 스타킹을 신지 않아도 될 만큼 자랄 것이다. 그러면 스벤은 슈테피의 진짜 모습을 보게 될 것이다.

다섯 살이란 그렇게 나이 차이가 많은 게 아니다. 엄마는 아빠보다 아홉 살이나 어리다. 게다가 스벤은 슈테피를 나이에 비해 성숙하다고 여긴다. 슈테피에게 그렇게 말한 적도 있었다.

"내 또래 여자 아이들보다 네가 더 성숙한 것 같아. 자기 자신 밖에 모르는 겉멋만 들고 단순한 여자 아이들보다 말이야. 넌 절대 그런 여자가 되지 않겠다고 약속해 줘!"

슈테피는 스벤이 얕보는 그런 여자는 결코 되지 않을 것이다. 해리엇과 릴리안처럼 되지는 않을 것이다. 슈테피는 절대로 스벤에게 상처를 주거나, 연애를 장난처럼 생각하거나, 이기적으로 굴지 않을 것이다. 두 사람은 서로 상대방을 위해 최선을 다할 것이다.

하지만 아직은 아니다.

슈테피는 연꽃 연못가 벤치에 앉아 잔잔한 수면을 바라보며 이런 생각을 했다. 스벤과 함께 처음으로 연못가에서 앉았던 바로 그 벤치였다. 슈테피는 종종 이곳에 와서 앉았다. 늘 같은 벤치에. 때로는 주름이 쪼글쪼글한 부인들 한 무리가 와서 봉지에서 오래 된 빵 부스러기를 꺼내 오리들에게 주었다.

슈테피는 이곳에 아무도 데려오지 않았다. 마이 칼손조차도. 슈테피는 수업이 끝나고 연꽃 연못에 가고 싶을 때는 마이에게 할 일이 있다고 말했다. 그럼 마이는 슈테피와 함께 거리를 걷는 대신 푸른색 전차를 타고 집으로 갔다.

하얀 백조 두 마리가 꼿꼿하게 고개를 쳐들고 연못 위로 떠다녔다. 백조는 한번 맺어지면 한평생 '부부' 로 살아간다. 헤드비그 비에르크 선생님이 생물 시간에 설명해 주었다. 그러자 반 아이들이 약간 킥킥대고 웃었고, 누군가는 백조도 사람들처럼 사랑할 수 있는지 질문했다.

비에르크 선생님이 말했다.

"아이고, 얘들아! 너희들 머릿속에 그런 생각 밖에 안 들어 있니?"

이제 백조 한 마리가 기다란 목을 숙여 고개를 날개 아래로 집어넣었다. 백조는 아주 조용히 물 위로 떠다녔다.

짙푸른 연꽃잎들이 연못 위에서 작은 섬을 이루었다. 하얀 꽃들은 별처럼 눈부셨다. 하지만 그 중에서 가장 아름다운 건 연못 저편에 핀 붉은 연꽃이었다.

슈테피 반의 검정머리 알리스는 연못 위쪽에 있는 벽돌로 된 대저택에서 살았다. 벤치에 앉아 있으면 가끔씩 알리스가 지나다니는 것이 보였다. 마이 칼손에 따르면 예테보리에서 가장 부잣동네는 돌담 뒤로 대저택들이 드문드문 놓여 있는 연꽃 연못의 위쪽 지역이다. 마이가 알리스의 부모는 아주 부유한 것 같다고 말했다.

마이와 스벤은 사회가 불공평하다고 보는 점에서는 서로 닮았다. 하지만 마이는 사회민주당이 이런 사회를 변화시킬 수 있다고 믿었다. 또 마이 자신처럼 '평범한 사람들'이 공부를 해 사회에서 영향력 있는 무리에 속하게 되는 걸 아주 중요하게 여겼다. 마이는 정치가가 되는 게 꿈이었다.

"마요르나 출신의 마이가 어떤 일을 할지 두고 보렴."

마이는 이렇게 말하며 웃었다.

"마요르나 출신의 마이."

이 말은 반 아이 중 누군가 등교하던 첫날 던진 농담이었다. 하지만 마이는 이 말을 기분 나쁘게 여기지 않았고 종종 스스로 이 표현을 썼다. 그러니까 이 말로는 마이를 놀리지 못하는 셈이다.

이제 태양은 연못 저편, 키 큰 나무 뒤로 사라졌다. 곧 추워질 것이다. 슈테피는 집으로 갔다.

슈테피는 열쇠로 현관문을 열었다. 열쇠는 잃어버리지 않도록 안전핀에 끼워 외투 주머니에 달아 두었다. 슈테피는 처음에는 부엌문 초인종을 누르기로 했다. 그러나 '시도 때도 없이 쫓아가서 문을 열어 주어야' 하는 상황에 곧 진절머리가 난 엘나가 사모님에게 부탁해서 슈테피도 자기 열쇠를 갖게 되었다.

"슈테피는 차분한 아이에요. 열쇠를 잃어버리는 일은 없을 거예요."

엘나는 이렇게 말했다.

사모님은 슈테피에게 열쇠를 잃어버리면 어떻게 되는지 한참 동안 잔소리를 늘어놓았다. 집에 도둑이 들면 은식기와 그림이 도난당하고 ―"얼마나 비싼 그림인지 아니!" ― 도자기들이 깨지거나, 페르시아 양탄자들이 더러워지고 등등.

엘나는 현관에 걸린 거울을 닦고 있었다.

"네게 편지 왔어."

편지는 거울 아래 놓인 탁자 위에 있었다. 의사 부부의 우편물과 함께. 빈에서 보낸 편지였다. 슈테피가 예테보리에 온 이후로 처음 받는 부모님 편지였다.

아빠가 보낸 편지였다.

사랑하는 내 어린 딸 슈테피!

네가 김나지움에 가게 되어 우리가 얼마나 기쁜지 모른단다. 이제 시간을 낭비하지 않게 되었구나. 이런 일이 벌어지지 않았더라면 이곳에서 받게 되었을 교육을 그곳에서나마 받게 되니 얼마나 다행인지 몰라.

이곳은 예전과는 완전히 달라졌어. 모두가 전쟁 때문에 힘들긴 하지만 가장 힘든 건 물론 우리 유대인들이야. 나와 엄마가 사는 남루한 집은 벌써부터 얼음장처럼 추워. 겨울에는 어떨지 상상할 수도 없구나. 아침마다 엄마는 먼 길을 걸어 어느 노부인의 집에 가서 청소와 요리를 한단다. 그 동안 나는 유대인 병원으로 출근해. 가정부 일을 마치면 엄마는 집과 반대 방향으로 30분쯤 더 걸어서 유대인이 출입할 수 있는 가게에서 시장을 봐. 우리가 지금 사는 구역에도 식료품 가게와 우유 가게가 있긴 하지만 우린 여기서 물건을 살 수가 없어. 엄마에게 얼마나 힘든 일일지 너도 충분히 상상이 가지? 엄마는 살이 많이 빠지고 늘 피곤해하셔. 지금 엄마가 자고 있으니까 오늘은 나만 편지를 쓸게. 다음 번에는 엄마도 틀림없이 네게 편지를 쓸 수 있을 거야.

우리 생활에 대해 불평할 생각은 없단다. 중요한 것은 너와 넬리가 안전하게 잘 지내는 거야. 스웨덴이 전쟁에

말려들 위험은 없어 보이는구나. 그러니까 넌 아무 걱정
할 필요가 없어. 그리고 아까도 말했지만 넌 이제 공부할
수 있는 기회가 생겼어. 도시 생활도 섬의 고립된 생활보
다는 네게 훨씬 많은 자극이 될 거야. 그곳에서 교육받은
사람들도 만나고 너와 같은 친구들도 틀림없이 만나게
되겠지……

슈테피는 편지를 내려놓았다.
'교육받은 사람들. 너와 같은 친구들……'
아빠의 이 말은 무슨 뜻일까? 슈테피와 같은 사람은 누구
일까? 섬에 있는 베라는 틀림없이 아닐 것이다. 마요르나에
서 부엌 딸린 단칸방에서 부모님과 여섯 형제자매와 사는 마
이 칼손도 아닐 것이다. 신경질적인 검정머리 알리스가 슈테
피와 같은 친구일까? 아니면 해리엇과 릴리안이?
슈테피는 난생 처음으로 아빠가 늘 옳은 것만은 아니며 슈
테피를 위해 무엇이 최선인지 아빠가 모를지도 모른다는 불
안감을 느꼈다.

8

9월 초에 헤드비그 비에르크 선생님은 학생들을 데리고 델 호수로 현장 학습을 나갔다. 그날 하루는 다른 수업은 모두 휴강하고 하루 종일 현장 학습만 했다.

처음에는 전차를 타고 갔다가 한참을 걸어 호수에 이르렀다. 배낭에는 물 속에 사는 생물과 곤충을 수집하려고 가져온 유리병이 들어 있어 무거웠다. 하지만 비에르크 선생님은 성큼성큼 앞장서서 걸었다.

슈테피는 한때 카린이 신었던 고무장화를 빌려 신었다. 신발이 약간 커서 헐렁헐렁했다. 슈테피는 좋은 치마를 더럽히지 않으려고 작아진 치마를 입었는데, 짧은 치마 아래 커다란 장화를 신고 있는 꼴이 우습게 보일 것만 같았다. 슈테피는 긴 바지를 갖고 싶었다. 아니면 바지와 웃옷이 한 벌로 된 진짜 운동복을 갖고 싶었다. 알리스가 입고 있는 것처럼 진한 붉은색 모직으로 된 옷이면 좋겠다.

학생들은 호숫가에 병을 갖다 두었다. 학생들이 잡아들인 노획물들이 살아서 움직였다. 벌레, 소금쟁이, 딱정벌레, 거머리 등.

멀리서 보면 호수는 햇빛에 반짝여 푸른색으로 보이지만 호숫가 가까이 다가가서 보면 탁한 갈색이었다. 바닷물처럼 깨끗하지 않았다. 흙냄새도 났다. 호수 바닥은 진흙이어서 발밑이 푹푹 빠졌다. 호수 중간까지 너무 멀리 들어가면 안 된다. 진흙에 빠져서 장화 속에 물이 들어오니까.

비에르크 선생님은 장화 속에 물이 들어오는 것도 겁내지 않았다. 치마바지를 추켜올린 뒤 멀리까지 나갔다. 선생님이 가장 열심이었다.

선생님이 불렀다.

"애들아! 이것 좀 봐! 꼬리하루살이야!"

호수에 사는 생물들은 이름이 독특했다. 물방개, 송장헤엄치기, 게아재비 등. 물 밑에는 생물체가 사는 고유한 작은 세계가 있어서 각자 자기 할 일을 하는 것 같았다.

무지개 색깔로 빛나는 잠자리가 슈테피의 팔에 앉았다. 잠자리는 동그란 머리를 이리저리 돌리고 가느다란 엉덩이 부분을 까딱거렸다. 날개가 투명한 잠자리가 어찌나 예쁜지 슈테피는 그냥 날려 보내고 싶었다. 하지만 비에르크 선생님 때문에 슈테피는 할 수 없이 잠자리 위로 병을 갖다댄 뒤 조심스럽게 손을 뒤집어 병뚜껑을 닫았다.

모두들 땀으로 흠뻑 젖었다. 몇 시간 지나자 모두 호숫가 바위 위에 앉아서 점심으로 싸온 버터 빵을 먹었다. 알리스는 늘 그렇듯이 혼자 앉아 있었다. 알리스의 운동복은 티끌 하나 없이 깨끗했다.

비에르크 선생님이 말했다.

"알리스. 넌 아무것도 안 먹니?"

알리스는 고개를 흔들었다.

"배가 안 고파요."

"버터 빵을 안 싸왔니?"

"네."

"그럼 내 거 하나 먹어."

비에르크 선생님은 이렇게 말하며 치즈를 넣은 빵을 알리스에게 건넸다.

"괜찮아요."

비에르크 선생님이 말했다.

"내 말 들어. 하루 종일 숲 속에서 버티려면 뭘 좀 먹어야 해. 이거 받아!"

알리스는 버터 빵을 받아 천천히 조금씩 베어 물었다.

점심을 먹고 나자 비에르크 선생님은 학생들의 병을 검사했다. 선생님은 슈테피가 잡은 잠자리를 보며 감탄했다.

"'레스테스 스폰사', 에메랄드빛 실잠자리야. 보기 힘든 예쁜 잠자리지."

슈테피는 처음에는 비에르크 선생님이 장난으로 하는 말인 줄 알았다. 하지만 잠자리는 진짜 이름이 그랬다.

나머지 시간에는 식물 표본을 만들러 식물 수집에 나서야 했다. 혼자나 둘이서 다녀도 된다고 했다. 돌아오는 길을 알기만 하면 되었다. 비에르크 선생님이 체육 선생님에게서 빌린 호루라기를 불면 그 소리를 듣고 모이기로 했다.

마이는 몸이 아파서 못 왔기 때문에 슈테피는 혼자 갔다. 알리스는 다른 아이들은 쳐다보지도 않고 저만치서 혼자 갔다. 슈테피는 알리스가 간 방향으로 가기로 했다. 그렇다고 알리스의 뒤를 바싹 뒤쫓은 것은 아니고 대충 비슷한 방향으로 갔다.

아이들은 양치류, 이끼류, 지의류 식물 들을 수집해야 했다. 봄이 되면 꽃을 수집하기로 했다.

비에르크 선생님은 열광하며 말했다.

"봄에는 노루귀, 아네모네, 은방울꽃이 피지! 봄이 되면 날마다 숲으로 가서 어떤 꽃들이 피는지 살펴보는 거야."

나무들 사이로 언뜻 알리스가 보이는 듯하더니 곧 사라졌다. 슈테피의 고무장화 밑으로 마른 나뭇가지 부서지는 소리, 새가 지저귀는 소리, 나무 꼭대기에서 바람이 약하게 살랑거리는 소리 외에는 아무 소리도 들리지 않았다.

슈테피는 조심스럽게 식물을 꺾어 흡수력이 좋은 종이에 쌌다. 나중에 새 종이에 다시 끼워서 무거운 책 더미로 눌러야 한다. 더 좋기로는 제대로 된 식물 압착기를 사용하는 것이다. 하지만 슈테피가 받는 장학금으로는 어림도 없다. 그러고 나면 압착된 식물을 식물 표본집에 붙여서 스웨덴식 이름과 라틴어 학명을 채집지와 함께 기록해야 한다.

숲 속으로 깊숙이 들어가니 이끼는 아름다운 양탄자처럼 두껍고 부드러웠다. 전나무들은 어둡고 무성했다. 여기저기 큰 돌덩어리들이 놓여 있고 이끼와 회색 지의류 식물들로 덮여 있었다. 슈테피는 이런 숲은 처음 보았다. 빈 근교에 있는 숲들은 드문드문한 나무 꼭대기 사이로 바람이 불어왔다. 섬에서 본 숲은 바람에 구부러진 소나무와 뾰족뾰족한 노간주나무로 이루어져 있었다.

슈테피는 회색과 푸른색 사이로 갑자기 붉은색을 띤 뭔가를 본 듯했다. 알리스가 덤불 위로 몸을 숙이고 있는 게 보였다. 처음에는 알리스가 식물을 수집하고 있는 줄 알았다. 그러나 가까이서 보니 알리스는 구토를 하느라 몸을 숙이고 있었다. 땅에 난 이끼 위로 비에르크 선생님이 준 치즈 빵을 게 워낸 흔적들이 보였다.

슈테피가 소리쳤다.

"알리스! 너 어디 아프니?"

알리스는 고개를 들었다.

알리스가 말했다.

"꺼져."

"마실 것 줄까? 우유가 좀 남았어."

알리스가 소리쳤다.

"꺼지라니까! 내 말 못 알아듣겠어?"

슈테피가 말했다.

"내게 소리지르지 마. 널 도와주고 싶어서 그래."

알리스가 말했다.

"난 도움 따위 필요 없어. 네 도움은 더더군다나. 어서 꺼져. 그리고 다른 사람에게는 말하지 마."

알리스는 몸을 일으키더니 얼굴에 내려온 머리카락을 쓸어 올렸다. 알리스의 창백한 얼굴에서 까만 눈이 반짝거렸다. 알리스는 참 예쁘구나, 슈테피가 생각했다. 도도하고, 예쁘고, 외롭다.

슈테피는 갑자기 알리스의 친구가 되고 싶다는 열망에 사로잡혔다. 이제 두 사람에게는 어쨌든 둘만의 비밀이 새로 생겼다.

"알았어."

슈테피가 이렇게 말하는 순간 알리스는 몸을 홱 돌리더니
벌써 저만치 가버렸다.

9

    스벤은 아침을 슈테피와 함께 부엌에서 먹는 버릇이 생겼다. 엘나는 두 사람에게 납작 귀리를 준비해 주고 스벤의 빵에는 버터를 발라 주었다. 슈테피는 직접 발라 먹어야 했다.

    의사는 병원으로 출근하기 전 서재에서 커피를 마셨다. 사모님은 스벤과 슈테피가 학교에 갈 때까지도 자기 일쑤였다. 하지만 부엌에서 아침을 먹을 때 가끔씩 날카로운 초인종 소리가 울리기도 했다. 그럼 문 위로 5가 적힌 숫자 판이 열렸다. 그러고 나면 엘나는 사모님을 위해 아침 식사 쟁반을 급하게 준비했다.

    엘나는 문 위에 달린 숫자 판을 보고 어느 방에서 초인종이 울렸는지 알았다. 방마다 초인종 버튼과 고유한 숫자가 적혀 있다. 그 버튼을 누르면 부엌에 신호가 울리면서 방 번호가 적힌 숫자 판이 아래로 열린다. 슈테피의 방은 8번이지만 슈테피는 당연히 초인종을 이용할 수가 없다. 초인종은 주인 가족을 위한 것이라고 엘나가 말했다. 슈테피는 엘나에게 할 말이 있으면 직접 부엌으로 가야 한다.

슈테피는 사모님을 거의 보지 못했다. 의사는 말할 것도 없고. 가끔씩 사모님이 오후에 슈테피 방문을 두드리며 잘 지내는지, 학교는 어떤지 물었다. 그러나 사모님은 절대 슈테피 방으로 들어오지는 않았다. 그냥 지나가다가 들른 사람처럼 문가에 서서 이야기했다.

일주일에 한 번 정도 슈테피는 의사 부부의 식당으로 저녁 식사 초대를 받았다. 그런 날 외에는 늘 엘나와 함께 부엌에서 먹었다. 스벤은 슈테피가 늘 가족과 함께 식당에서 식사해야 한다고 생각해서 그 문제로 엄마와 다투기도 했다.

슈테피는 아무 상관이 없었다. 의사 부부와 함께 식당에서 식사하면 슈테피는 몸도 굳고 불편하기만 했다. 스벤의 부모님이 있는 자리에서는 스벤과 평소처럼 이야기도 할 수가 없었다. 그래서 슈테피는 부엌에서 엘나와 함께 식사하는 것이 훨씬 편했다. 어쨌든 엘나 기분이 좋은 날에는 말이다.

어느 날 오후, 사모님이 슈테피의 방문을 두드렸다. 슈테피는 사모님의 노크 소리를 안다. 짧으면서도 힘차다. 쾅쾅

쾅. 엘나는 한 번만 두드린 뒤 잠시 기다렸다가 다시 두드린다. 스벤은 밤마다 축음기에서 흘러나오는 스윙 리듬처럼 두드린다.

"들어오세요."

사모님이 방문을 열었다.

"우리 슈테피가 어떻게 지내?"

"잘 지내요. 감사합니다."

"학교는 어때?"

"학교도 좋아요."

보통 때는 이쯤해서 대화가 끝나지만 이번에는 사모님이 안 가고 서 있었다.

사모님이 말했다.

"슈테피, 토요일 집에 손님들이 오셔."

"아, 그래요."

슈테피는 머뭇거리며 말했다.

"이번 주말에는 집에 가려고요. 한 달 동안 집에 못 갔거든요."

사모님이 물었다.

"다음 주에 가면 안 되겠니?"

하지만 그건 질문이 아니었다.

"널 우리 친구들에게 소개하고 싶어서 그래."

슈테피는 잠시 생각해 보았다. 정말 섬에 가고 싶었다. 벌써 메르타 아줌마에게 전화를 걸어서 간다고 말해 두었다. 에버트 아저씨도 이번 주말에는 집에 있을 예정이어서 아주 잘 되었다. 보통 고기잡이는 휴일이라고 쉬는 법이 별로 없기 때문이다.

메르타 아줌마가 넬리에게도 슈테피가 온다고 말해 두었을 게 틀림없다. 또 베라도 기다리고 있다.

하지만 멋진 저녁 식사에 초대된다니! 슈테피는 벌써 몇 년 동안 그런 만찬을 가져 보지 못했다. 하얀 식탁보를 깔고, 냅킨을 올려놓고, 촛불과 꽃으로 장식된 식탁. 맛있는 음식과 어른들의 잔에 아른거리는 포도주. 옛날에 엄마 아빠가 손님들을 식사에 초대했을 때는 그랬다.

슈테피가 말했다.

"네. 다음 주말에 갈게요."

슈테피는 메르타 아줌마에게 전화를 걸어 이번 주말에는 예테보리에 있어야 한다고 전했다. 메르타 아줌마가 실망했는지 어떤지 알 수가 없었다. 아줌마는 전혀 그런 티를 내지 않으니까.

손님은 7시에 오기로 했다고 엘나가 말했다. 요리사는 토요일 아침부터 와 있었다. 슈테피와 스벤이 아직 학교도 가기 전, 요리사는 벌써 엘나와 다투었다. 엘나는 얼굴이 벌게

져서 밖으로 뛰쳐나갔다.

슈테피가 학교에서 돌아왔을 때는 부엌이 조용했다. 엘나
는 슈테피에게 식탁 차리는 일을 도와 달라고 했다. 우선 마
호가니 식탁을 길게 이어 붙였다. 그러고는 하얀 펠트 천을
간 뒤, 그 위로 포도나무 덩굴과 포도송이가 그려진 광택 나
는 식탁보를 덮었다. 엘나는 크리스털 화병에 꽃을 꽂아서
은으로 된 촛대 두 개와 함께 식탁에 올려놓았다.

7시가 되기 전에 슈테피는 옷부터 갈아입었다. 메르타 아
줌마가 졸업식 때 만들어 준 꽃무늬 원피스를 입었다. 그러
고는 머리에 윤이 날 때까지 열심히 빗질을 했다. 슈테피는
손가락에 침을 묻혀 눈썹을 위로 치켜 올린 뒤 뺨을 꼬집어
서 붉게 만들기도 했다.

슈테피가 거울을 들여다보고 있을 때 사모님이 방문을 두
드렸다. 슈테피는 사모님 쪽으로 몸을 돌리면서 옷이 예쁘다
고 칭찬해 주기를 은근히 기대했다. 하지만 사모님은 못마땅
하다는 듯 눈썹을 찡그리며 말했다.

"검정색 옷은 없니?"

아, 그러니까 사모님 눈에는 슈테피가 아직 충분히 예쁘지
않은 모양이다.

사모님은 급한 걸음으로 슈테피 옷장으로 다가가 옷을 살
폈다. 얼마 안 되는 옷 가운데 사모님이 찾는 옷이 없는 게

분명했다.

"잠깐만 기다려."

사모님은 이렇게 말하더니 사라졌다.

사모님은 옷을 하나 들고 금방 나타났다. 모직으로 된 옷은 짙은 군청색으로 거의 검정색처럼 보였다. 팔은 길고 목에는 조그마한 흰 깃이 달려 있었다.

사모님이 말했다.

"이거 입어. 이 정도면 괜찮을 거야. 한번 입어 봐!"

슈테피가 꽃무늬 원피스를 벗고 모직으로 된 짙은 군청색 옷을 머리 위로 뒤집어 입는 동안 사모님은 문가에 서 있었다. 사모님은 지퍼를 올려 주고 등에 달린 고리를 채운 뒤 소매도 채워 주었다. 그러고 나서 한 발자국 물러서서 슈테피를 바라보았다.

사모님이 소리쳤다.

"딱 맞는구나! 앞치마는 부엌에서 엘나에게 달라고 해."

"앞치마라뇨?"

사모님이 말했다.

"시중들 때 입는 앞치마 말이야. 식사 때 시중드는 것 좀 도와 달라고 하지 않았니? 걱정하지 마. 어렵지 않으니까. 엘나가 어떻게 하는지 가르쳐 줄 거야."

슈테피 마음은 굴욕감으로 끓어올랐다. 슈테피는 손님으

로 초대된 것이 아니라 시중드는 하녀로 초대된 것이다. 지금 이 계절에는 너무 더운 꺼칠꺼칠한 모직 원피스를 입고서. 슈테피는 옷을 찢어 벗어 버리고 저녁 내내 자기 방에 틀어박혀 있고 싶었다.

하지만 그렇게 하지 못했다. 6시 반이 되자 슈테피는 부엌으로 갔다. 부엌에서 요리사가 보란 듯이 그릇들을 여기 저기 어지럽혀 놓으면 엘나는 투덜거리며 그릇들을 정리했다.

슈테피는 작은 앞치마를 받았다. 엘나는 슈테피의 앞치마 가슴 부분을 원피스에 고정시켜 주었다. 엘나도 비슷한 앞치마를 입었다. 머리에는 풀을 먹인 두건을 썼다. 슈테피가 쓸 두건도 하나 있었다.

손님들은 이미 도착해서 살롱에서 셰리(에스파냐 원산의 백포도주로 흔히 식욕을 돋우기 위해 식전에 마신다 : 옮긴이)를 마시고 있었다. 엘나는 은쟁반에 잔을 담아 대접했다. 사모님이 손뼉을 치자 손님들이 모두 식탁으로 모여들었다. 이제 빈 잔을 모아서 부엌으로 옮기는 게 슈테피의 임무였다. 슈테피는 될 수 있는 한 눈에 띄지 않게 행동했다. 아무도 슈테피를 눈여겨보는 것 같지도 않았지만. 그건 나이든 부인을 부축해서 식당으로 모시고 들어오는 스벤도 마찬가지였다.

슈테피는 고개를 푹 숙인 채 엘나가 가르쳐 준 대로 손님의 오른쪽에서 샌드위치가 담긴 접시를 내려놓았다.

엘나는 이렇게 가르쳐 주었다.

"시중을 들 때는 손님의 오른쪽에서, 권할 때는 왼쪽에서 하는 거야."

스벤 차례가 되었을 때 슈테피는 스벤이 한 마디 말을 걸어 주기를 기대했지만 스벤은 오른쪽 옆자리에 앉은 나이든 부인과 이야기를 나누느라 정신이 없었다. 슈테피에게는 짤막하게 고맙다고만 말했다.

전채요리, 스프, 메인 요리, 후식이 이어졌다. 셰리, 마데라산 포도주, 적포도주, 포트와인이 나왔다. 금박을 두른 접시, 은으로 된 포크와 나이프, 크리스털 잔 들을 내왔다. 손님들이 이야기하며 식사하는 동안 엘나와 슈테피가 이 모든 것들을 들여오거나 내갔다.

"조금만 더 주세요."

"고맙지만 사양할게요."

후식을 먹을 때 사모님이 다시 손뼉을 쳤다. 슈테피는 어떤 부인에게 리큐르 술을 따르던 중이었다.

사모님이 말했다.

"원래 파티 여주인은 연설을 하지 않아요. 근데 오늘은 여러분에게 소개하고 싶은 사람이 있어요. 바로 우리 슈테피예요. 우리 집에 세 들어 사는 아이죠. 슈테피는 우리가 지난여름 섬으로 휴가를 갔는데, 그때 머문 집 주인인 어부 가족이 맡아 키우는 아이에요."

모든 사람의 눈길이 슈테피를 향했다. 슈테피는 얼굴이 새빨개지는 걸 느꼈다. 슈테피가 술을 따르던 부인의 잔이 가득 찼다. 계속 그러고 있는 바람에 잔에서 그만 술이 넘쳐 흘러서 식탁보 위로 끈적끈적한 웅덩이가 생겼다.

바로 그때 옆에 있던 엘나가 슈테피 손에서 술병을 빼앗았다. 슈테피는 부엌으로 달아났다. 가는 도중에 사람들이 하는 말소리가 드문드문 들려 왔다.

"……가련한 피난민 아이야……. 이런 일은 처음 해 보는 모양인데……."

"……아녜요. 빈에서는……."

"……그 사람들은 저 아이를 공부시킬 형편이 아니에요. 그래서 우리가 좀 도와주려고……."

부엌에서 슈테피는 앞치마를 잡아 뜯었다. 엘나가 뭐라고 말을 해도 슈테피는 꼼짝도 하지 않았다. 다시 식당에 가서 손님들에게 후식을 한 번 더 권유하라는 말도 듣지 않았다.

10

밤늦은 시간, 슈테피와 스벤 방 사이에 난 방문에서 노크 소리가 났다. 슈테피는 짙은 군청색 옷은 이미 벗어 던지고 잠옷을 입고 있었다. 하지만 누워 자는 대신 침대 위에 다리를 끌어안고 앉아 있었다. 전등도 켜져 있었다.

"슈테파니, 자니?"

슈테피는 자신도 모르게 대답했다.

"아니."

"들어가도 되니?"

슈테피가 말했다.

"안 돼. 저리 가!"

"제발, 슈테파니…… . 잠깐이면 돼. 할 말이 있어."

"싫어."

"슈테파니! 그렇게 고집피우지 마! 잠깐이면 된다니까."

"그럼 들어 와."

스벤은 문을 열고 들어오더니 조용히 문을 닫았다.

스벤이 말했다.

"내게 화난 거 알아. 하지만 나도 어쩔 수 없었어. 너도 알 겠지만 난 네가 부엌에서 식사하는 것 때문에도 엄마와 다투 었어. 근데 우리 엄마가 오늘 저녁 식사에 널 시중들게 할 줄 은 정말 몰랐어. 그것도 카린 누나가 입었던 낡은 상복을 입 고 말이야."

슈테피가 말했다.

"나한테 말을 걸 수는 있었잖아. 적어도 '안녕, 슈테파니' 하고 아는 척할 수는 있었잖아."

스벤은 잠깐 가만히 있다가 이렇게 말했다.

"내가 아직은 부모님 뜻대로 해야 한다는 걸 이해해 줘. 난 아직 부모님과 그 빌어먹을 돈에 매여 있어. 부모님은 나를 돌봐 주는 대신 내게 기대하는 행동이 있어. 그걸 이해 못하 겠니?"

슈테피가 소리쳤다.

"못 해! 아니, 난 이해 못 해. 당장 나가!"

슈테피는 침대로 몸을 던지더니 베개에 얼굴을 묻었다.

일주일 내내 슈테피는 스벤과 마주치지 않도록 피해 다녔
다. 슈테피는 평소보다 더 일찍 일어나서 급하게 아침을 먹
고 스벤이 나타나면 얼른 부엌에서 나갔다. 오후에는 학교
도서관에서 숙제를 하거나 연꽃 연못 벤치에 앉아 있었다.

집에 오면 곧장 방으로 들어가 방문을 잠갔다.

저녁 초대가 있고 나서 일주일이 지난 토요일, 슈테피는
드디어 섬으로 떠나기로 했다. 수업이 끝나면 바로 전차를
타고 증기선이 정박해 있는 부두로 갈 예정이었다. 슈테피는
금요일 밤에 가방을 미리 싸 두고 토요일에 가방을 학교에
가져갔다. 가방에는 더러운 빨랫감과 넬리에게 주려고 산 색
분필 상자가 들어 있었다.

교정을 빠져나오던 슈테피는 놀라서 그 자리에 멈춰 섰다.
학교 담장 앞에는 스벤이 자전거를 탄 채 기다리고 있었다.
스벤이 쓴 학교 모자챙이 햇빛에 반짝였다.

스벤이 불렀다.

"슈테파니!"

슈테피 뒤를 따라오던 해리엇과 릴리안이 목을 죽 빼고 누
가 부르는지 두리번거렸다. 슈테피는 등 뒤에서 호기심어린
따가운 눈길을 느꼈다. 슈테피는 담장 쪽으로 갔다.

스벤이 말했다.

"부두까지 자전거로 태워 줄게. 나한테 화내지 마, 슈테

파니."

스벤이 눈 속 깊이 웃음을 담아서 이렇게 진지하게 바라보는데 슈테피가 어떻게 화를 낼 수 있을까?

슈테피가 대답했다.

"화 안 났어. 어서어서 서둘러야 해. 배는 이십 분 후에 출발이야."

스벤은 슈테피의 가방을 짐칸에 붙들어 맸다. 슈테피는 스벤의 팔에 휘감겨 앞자리에 앉았다. 슈테피는 순간 교정에 있는 학생들이 모두 자기를 보고 있다는 걸 알았다.

마이 칼손이 소리를 질렀다.

"안녕, 슈테파니! 월요일에 보자!"

자전거는 부드럽게 굴러갔다. 학교를 벗어나 예타 광장을 지나고 시내도 지났다. 등 뒤로 스벤 몸의 따뜻한 온기가 느껴질 정도로 스벤은 가까이 있었다. 스벤은 휘파람으로 스윙 리듬을 불었다. 슈테피는 마음이 편안해졌다. 자전거는 마치 땅 위를 미끄러지듯 거의 무게감이 느껴지지 않았다.

증기선 선착장으로 가는 길이 너무 짧았다. 스벤이 자전거를 세우자 슈테피가 내렸다. 스벤은 자전거를 보관대에 세우더니 슈테피 가방을 들고 선착장으로 갔다.

스벤이 말했다.

"월요일에 보자. 얀손 씨 가족에게 안부 전해 줘. 내년 여름에도 얀손 씨네 집을 빌리고 싶다고도 전해 주고."

슈테피는 스벤이 보이지 않을 때까지 갑판에 서 있었다.
바다에서 불어오는 바람이 차가웠다. 나뭇잎은 벌써 노랗게
물들었다. 가을이었다. 스웨덴에서 맞는 두 번째 가을. 슈테
피는 책을 들고 선실에 들어가 자리를 잡았다. 섬이 가까워
지자 배의 앞머리로 나가서 누가 마중 나왔는지 얼른 찾아보
았다.

모든 것이 그대로였다. 방파제, 부두, 보트 선착장, 어선,
보트 창고, 변한 게 하나도 없었다. 메르타 아줌마는 자전거
를 세워 둔 채 슈테피를 기다리고 있었다.

메르타 아줌마가 말했다.

"에버트는 내일 집에 오도록 해 보겠대. 그럼 잠깐이라도
볼 수 있을 거야."

일 년 전, 처음 섬에 왔을 때처럼 슈테피는 메르타 아줌마
의 자전거 짐칸에 앉아서 가방은 무릎 위에 올려놓았다. 슈
테피는 오늘 이미 누군가 자기를 자전거로 부두까지 바래다
주었다고 말하면 과연 메르타 아줌마가 뭐라고 대답할지 궁
금했다.

남자가 태워다 주었다고 말한다면. 슈테피가 사랑하는 남
자가.

하지만 그런 건 메르타 아줌마에게 말하지 않는 편이 더

낫다.

집에 가는 길에 알마 아줌마 집에 들렀다. 넬리가 집 안에서 뛰쳐나와 슈테피 목을 끌어안았다.

넬리가 투덜거렸다.

"지난 주에 왜 안 왔어? 언니가 얼마나 보고 싶었는데."

슈테피는 색분필 상자를 꺼내 넬리에게 주었다. 며칠 후에 있을 넬리의 여덟 번째 생일 선물이었다. 알마 아줌마는 상자를 얼른 치워버렸다.

알마 아줌마가 웃으며 말했다.

"안 그러면 넬리가 생일 때까지 못 참고 열어볼 게 틀림없거든."

모두들 주스와 커피를 마신 뒤 슈테피와 메르타 아줌마는 서쪽에 자리한 하얀 집을 향해 길을 나섰다. 세상 끝 마을. 슈테피가 처음 이곳에 왔을 때는 세상 끝 마을처럼 보였다.

슈테피는 메르타 아줌마를 따라 집 안으로 들어서기 전, 집 주변을 한 바퀴 둘러보았다. 나룻배는 선착장에 매어져 있었고, 빨랫줄에는 침대보가 향긋한 냄새를 풍기며 걸려 있었다.

메르타 아줌마는 저녁을 먹으러 부엌 식탁에 앉으면서 물었다.

"예테보리에 있는 성령강림절교회에는 가 봤니?"

슈테피는 고개를 흔들었다.

메르타 아줌마가 말했다.

"한번 가 봐도 나쁘지 않을 거야."

슈테피가 대답했다.

"공부할 게 많아서요. 안 그러면 다음 학기에 장학금을 못 받을지도 모르거든요."

메르타 아줌마가 말했다.

"물론 공부를 열심히 해야지. 하지만 영혼도 영양분이 필요해. 네가 걱정이야. 도시에는 유혹이 많은 법이거든."

슈테피는 메르타 아줌마가 말하는 유혹이 뭔지 알고 있었다. 영화관, 춤을 출 수 있는 술집, 립스틱, 파마머리. 그리고 남자 아이들이다.

슈테피가 말했다.

"난 공부만 해요. 다른 건 생각할 수도 없어요."

"그건 좋구나. 넌 착한 아이야. 우릴 실망시키지 않을 거라는 거 믿어."

밤이 되자 슈테피는 다락방의 좁은 침대에서 잠을 잤다. 낡은 곰 인형은 아직도 침대 발치에 놓여 있었다. 곰 인형의 까만 유리 눈알이 어둠 속에서 다정하게 빛나고 있었다.

11

 섬에서 맞는 일요일 아침은 성령강림절교회의 주일 학교에서 보낼 아침을 뜻한다. 하지만 슈테피는 지금 섬에 다니러 온 것이기 때문에 주일 학교에 안 가도 되었다. 주일 학교에 가는 대신 자전거를 타고 베라에게 달려갔다.

 베라는 부두 근처 작은 집에서 엄마와 함께 살고 있었다. 집은 흰색으로 칠해져 있었지만 페인트가 어찌나 더럽고 너덜너덜하게 벗겨졌던지 거의 회색으로 보일 지경이었다. 지붕에도 골기와가 몇 장 빠져 있었고, 문을 열 때 삐걱거리는 소리도 났다.

 베라의 아빠는 베라가 태어나기도 전, 물에 빠져 숨졌다. 베라의 엄마 아빠가 결혼식을 올리기 직전에 일어난 일이었다. 메르타 아줌마는 베라를 '사생아'라고 불렀다. 그 말은 어쩐지 아주 나쁘게 들렸다. 그래도 메르타 아줌마는 베라를 좋아했고 슈테피와 친구로 지내는 걸 반대하지 않았다.

베라 엄마는 부엌문에 얼굴을 내밀며 슈테피에게 인사했다. 베라 엄마는 아직도 상당히 젊었다. 실제로는 슈테피 엄마보다 더 젊었다. 하지만 베라 엄마는 피곤하고 일에 지쳐 보였다. 베라처럼 빨간 베라 엄마의 머리는 손질을 하지 않아 엉망이었고, 윗니는 두 개나 빠졌다.

"들어 와."

베라는 다락방으로 올라가는 계단으로 슈테피를 안내했다. 아래층에는 부엌과 베라 엄마 방이 있었다. 베라는 여름에는 다락방에서 잠을 자고 겨울에는 아래층에서 엄마 방을 함께 쓴다.

다락방은 어둡고 곰팡이 냄새가 났다. 비스듬한 지붕 아래로 벽을 따라 물건들이 쌓여 있고, 엉성한 대들보 위에는 낡은 이불과 옷들이 걸려 있었다. 슈테피는 베라의 다락방이 약간 무서웠다. 밤에 혼자 있으면 못 잘 것 같았다.

베라는 슈테피에게 나지막한 문을 열어 주었다. 다락방에는 침대 하나와 베라의 옷을 넣는 상자 하나만 겨우 들어갔다. 숙제는 늘 부엌에서 했다. 이제 베라는 숙제가 없다. 6학년을 마치고 난 뒤에는 대부분의 섬 아이들처럼 학교를 그만 다니기 때문이다. 의사 사모님과 장학금이 없었더라면 슈테피도 그렇게 해야 했을지도 모른다. 슈테피는 그 사실을 기억하면서 늘 사모님에게 감사해야 한다. 또 스웨덴으로 입국할 수 있도록 도와준 원조기구에도 감사해야 한다.

하지만 메르타 아줌마와 에버트 아저씨는 문제가 다르다. 두 사람은 슈테피를 받아 준 것에 대해 감사하는 마음을 요구하지 않았고, 슈테피는 바로 그 때문에 두 사람에게 감사해했다.

베라와 슈테피는 침대에 앉았다.

베라가 물었다.

"잘 지냈어? 도시 생활은 어때?"

슈테피가 의사 가족과 대저택에 대해 설명하자, 베라는 입을 반쯤 헤벌린 채 이야기를 들었다.

베라가 말했다.

"나도 크면 그렇게 살고 싶어. 그렇게 살고 싶어."

슈테피는 의사가 되는 게 꿈이었다. 베라의 꿈은 부자와 결혼해서 도시에서 살면서 그 많은 돈으로 예쁜 옷을 사고 하녀를 고용하는 것이었다.

슈테피가 연꽃 연못 위쪽의 부유한 저택에서 사는 알리스에 대해 설명하자 베라는 깊이 한숨을 내쉬었다.

베라가 물었다.

"그럼 그 연못도 그 집 정원에 딸린 거야?"

"아니. 연못은 공원에 딸린 거야."

베라가 말했다.

"나도 내 정원에 연꽃 연못이 있으면 좋겠어."

슈테피는 부유하고 아름다운 알리스도 그다지 행복해 보이지 않는다고 말했다. 반면에 마요르나에 사는 마이는 유쾌하면서도 모든 것에 호기심이 많다. 하지만 슈테피는 이 점을 어떻게 설명해야 베라가 이해할 수 있을지 난감했다.

"아, 연못 따위도 바다에 비하면 아무것도 아냐."

마침내 슈테피는 이렇게 말했다.

베라가 말했다.

"그래도 섬이 별로 그립지는 않지? 지금 사는 데가 그렇게 좋으니 말이야."

"아냐, 가끔 그리워. 넬리도 보고 싶고. 너도 마찬가지고."

"집이 그리운 것만큼이나 여기도 그리워?"

슈테피는 그 질문에 선뜻 대답하지 못했다. 슈테피에게 집이란 독일군이 들어오기 전에 부모님과 넬리와 함께 살던 대저택이다. 슈테피에게 집이란 아는 사람들과 함께 지내면서 자기 모국어로 말할 수 있고, 자기가 한 말이 잘못 전달될까 봐 걱정하지 않아도 되는 곳이다. 집이란 완전히 자기 자신이 될 수 있는 곳이다.

"집만큼은 그립지 않아. 아니, 좀 다른 방식으로 그립다고 할까?"

베라가 물었다.

"실비아는 자주 만나니? 너와 같은 반이야?"

"아니. 실비아는 잉그리드와 같은 반이야. 둘하고는 거의 말 안 해."

그러자 베라는 군포어에게서 들은 이야기를 해 주었다. 군포어는 그 이야기를 마야브리트에게서 들었고, 마야브리트는 바브로에게서 들었다고 했다. 실비아가 일주일 전에 섬에 다니러 왔을 때 담임 선생님이 써 준 쪽지를 들고 왔다는 것이다. 그 쪽지에는 제대로 김나지움을 다니려면 더 열심히 공부해야 한다고 적혀 있었다고 한다.

슈테피는 고개를 끄덕였다. 슈테피는 그 이야기에 별로 놀라지 않았다. 섬 학교에서 실비아는 공부를 잘하는 편에 속했다. 애써 공부하지 않아도 좋은 성적을 받을 수 있었다. 그러나 김나지움에서는 좀 달랐다. 김나지움에 다니는 학생들은 모두 예전에 학교에서 가장 공부를 잘하던 학생들이었다. 여기서는 거저 얻어지는 것이 하나도 없었다.

베라가 말했다.

"실비아에게는 잘 된 일이야."

슈테피는 멍하게 말했다.

"음."

실비아는 이제 슈테피를 상관하지 않는 것 같았다. 이제 실비아는 과거라는 시간에 속한 사람이다.

두 사람은 아름다운 가을날을 만끽하며 자전거를 타고 돌아다녔다. 공기는 상쾌했고, 숨을 들이키면 탁 쏘는 기분이 느껴졌다. 광야에 핀 꽃들은 시들었고, 바람에 구부정해진 나무들도 노랗게 물들었다. 슈테피와 베라는 둘만의 장소에 가서 마지막으로 달린 나무딸기를 따먹은 뒤, 베라가 슈테피에게 자전거 타는 법을 가르쳐 준 길을 따라 달렸다.

섬과 베라는 하나였다.

오후에는 알마 아줌마가 넬리와 두 아이를 데리고 메르타 아줌마네로 커피를 마시러 왔다. 슈테피는 넬리에게 독일어로 말하는데, 넬리는 독일어와 스웨덴어를 섞어서 대답했다.

슈테피가 말했다.

"넬리, 독일어를 잊어버리면 안 돼! 그럼 엄마 아빠를 다시 만날 때 어떻게 할래?"

넬리가 뿌로퉁하며 말했다.

"언니가 없으니까 같이 독일어로 말할 사람이 없잖아."

슈테피가 말했다.

"책을 읽어. 옛날 책들을 다시 읽어 봐. 내 책도 줄게. 적어도 일주일에 한 번씩 집에 편지를 써. 넬리, 꼭 그렇게 하겠다고 나하고 약속해!"

넬리가 말했다.

"그렇게 할게. 그러니까 이젠 그만 좀 잔소리해."

커다란 벽시계 소리가 째깍째깍 들렸다. 6시에 예테보리로 돌아가는 증기선이 있다. 5시에 저녁 식사를 할 예정이었다. 슈테피는 에버트 아저씨가 그때까지는 집에 돌아오기를 바랐다. 그렇지 않으면 아저씨를 한 달 후에나 다시 만날 수 있다.

4시 반에 알마 아줌마와 아이들이 집으로 돌아갔다. 메르타 아줌마는 식탁에 3인분의 식사를 차렸다. 그러나 벽시계가 다섯 번을 치는데도 에버트 아저씨는 여전히 돌아오지 않았다.

메르타 아줌마가 말했다.

"그냥 먹는 게 좋겠구나. 배를 놓치면 안 되니까."

5시 반에 슈테피는 식사와 설거지를 모두 끝냈다. 깨끗한 침대보와 속옷을 가방에 넣었다.

메르타 아줌마가 말했다.

"이제 출발하자. 기다려도 소용없어."

슈테피는 다시 메르타 아줌마의 자전거 짐칸에 앉아 가방을 무릎 위에 올려놓았다. 길모퉁이를 돌 때마다 에버트 아저씨가 저만치 보이기를 기대했다.

메르타 아줌마가 말했다.

"우리가 부두에 도착할 때쯤이면 에버트가 와 있을지도 몰라."

하지만 부두에 도착했을 때도 에버트 아저씨의 어선 '다이애나'가 늘 매어 있던 자리는 텅 비어 있었다. 메르타 아줌마는 보트 창고에 자전거를 기대어 놓은 뒤 슈테피를 데리고 배로 갔다. 증기선이 출발하면서 먹먹한 소리가 크게 울려 퍼졌다. 그때 어선 한 채가 부두로 들어오고 있었다. '다이애나'였다.

슈테피는 갑판의 반대쪽으로 달려갔다. 푸른색 작업복과 스웨터를 입은 에버트 아저씨가 보였다.

"에버트 아저씨!"

"슈테피!"

아저씨가 손을 흔들었다.

"모터에 문제가 있었어. 그래서 빨리 못 왔어."

슈테피가 소리를 질렀다.

"괜찮아요. 곧 다시 집에 올 건데요, 뭐."

집에. 이 섬이 슈테피의 집일지도 모른다. 또 다른 형태의 집 말이다.

12

"그 남자 누구야?"

월요일 아침, 슈테피가 교정에 발을 들여놓기가 무섭게 해
리엇과 릴리안이 기다리고 있다가 슈테피 쪽으로 달려들었
다. 두 아이의 눈은 호기심으로 반짝거렸고 목소리는 비밀을
속삭일 때처럼 착 가라앉았다.

"그 남자 누구냐고?"

두 아이가 스벤에 대해 묻는 거라는 걸 알아차리기까지는
잠시 시간이 걸렸다. 그 사이 릴리안은 목소리를 더 낮추며
말했다.

"정말 잘 생겼더라!"

그러자 해리엇이 말했다.

"둘이 사귀는 거야? 그 남자가 널 좋아하니?"

"그런 거야? 말 좀 해 봐!"

"저것 봐, 얼굴이 빨개졌어. 이제 그만 실토해!"

슈테피가 대답했다.

"맞아. 날 좋아하는 남자야."

슈테피는 그 말을 내뱉자마자 곧 후회했다. 마음 속 깊은 비밀을 다른 사람에게 들킨 기분이었다. 게다가 자신이 한 말은 사실도 아니었다. 슈테피는 스벤을 사랑한다. 또 시간이 흐르면 언젠가 스벤도 슈테피를 사랑하게 될 거라는 걸 안다. 하지만 지금 두 사람 사이는 해리엇과 릴리안이 말하는 '사귀는' 것과는 거리가 멀었다.

릴리안이 감탄했다.

"오오. 넌 운이 좋구나."

해리엇이 물었다.

"그 남자 이름이 뭐니?"

"스벤."

"김나지움에 다녀?"

"응, 마지막 학년이야."

"언제 서로 알게 되었어?"

"지난 여름에."

슈테피는 될 수 있는 한 간단하게 대답을 해서 해리엇과 릴리안이 질문할 맛이 떨어지게 했다.

"어떻게?"

"섬에 있는 우리 양부모 집에서 휴가를 보낸 손님이었어."

해리엇이 초조하게 물었다.

"아니, 내 말은 그게 아니라, 어떻게 하다가 둘이 사귀게 되었냐고."

슈테피는 갑자기 할 말이 없었다. 그럴 듯한 말이 떠오르지 않았다. 그래서 대신 슈테피는 살짝 웃음만 지었다. 최대한 은밀하게.

"그건 비밀이야."

릴리안이 다시 신음 소리를 냈다.

"오, 우리에게 말 안 해 줄 거야?"

슈테피가 말했다.

"다음에 해 줄게."

슈테피는 자기 쪽으로 다가오는 마이 칼손을 발견했다. 슈테피는 방금 해리엇과 릴리안에게 한 말을 마이에게는 절대 알리고 싶지 않았다. 마이는 슈테피를 너무 잘 아니까. 슈테피의 마음 속을 당장 꿰뚫어 볼 게 틀림없었다.

슈테피는 해리엇과 릴리안에게 속삭였다.

"아무 말도 하지 마. 마이는 아무것도 몰라. 너희 두 사람만 알고 있어."

슈테피는 그렇게 말하면서도 기분이 좋지 않았다. 해리엇과 릴리안과 비밀을 공유하자니 마이를 배신하기라도 하는 것 같았다. 비밀이면서 또 거짓말이기도 하지만.

해리엇과 릴리안이 고개를 끄덕였다.

"물론이지. 우리만 알고 있을게."

마이는 스벤에 대해 묻지 않았다. 마이는 슈테피가 다녀온 섬에 대해 알고 싶어했다. 마이는 지금껏 예테보리에서 살았지만 한 번도 바다를 본 적이 없었다. 슈테피는 메르타 아줌마가 허락하면 마이를 한 번 섬으로 초대하고 싶었다.

월요일 오전 첫 시간은 독일어 수업이었다. 그 동안 슈테피와 반 학생들은 3격과 4격 지배 전치사가 뭔지 잘 알게 되었다. 아이들은 3격 지배 전치사니 3, 4격 지배 전치사니 하는 것을 기계적으로 술술 욀 수 있었다.

"안, 아우프, 힌터, 인, 네벤, 위버, 운터."

크란츠 선생님이 막대기로 교탁을 치면서 박자를 맞추는 동안 학생들은 입을 모아 전치사를 외웠다.

첫 수업 이후 독일어 문장으로 말할 기회는 없었다. 학생들은 문법과 씨름하고, 큰 소리로 따분한 교과서를 읽고, 긴 문장을 더듬거리며 스웨덴어로 번역했다.

슈테피는 크란츠 선생님처럼 발음하려고 애썼다. 하지만 종종 그 사실을 잊어버리고 부드러운 톤의 빈식 독일어로 발음하기 일쑤였다.

"독일 제국어로 하라니까!"

크란츠 선생님은 이렇게 소리치면서 막대기를 쾅쾅 두드렸다.

"여기서는 독일 제국어만 사용해!"

수업이 끝나면 슈테피는 혼자 생각에 잠기기 위해 연꽃 연못으로 갔다. 물 위에 비친 수양버들은 잎이 하나씩 떨어지고 저택을 뒤덮은 야생포도는 불타는 듯 붉게 빛났다. 연꽃은 시들었지만 잎사귀는 여전히 섬을 이루었고 백조 한 쌍도 여전히 연못을 떠다녔다.

벤치는 차가웠다. 특히 속옷과 스타킹 사이 맨살인 허벅지 부분이 차가웠다. 슈테피는 엉덩이 밑으로 외투자락을 똑바로 폈다.

하루 종일 해리엇과 릴리안은 슈테피에게 은밀한 눈길을 던졌다. 눈을 빛내며 웃음기도 담고 있었다. 해리엇과 릴리안은 슈테피가 한 말을 절대 잊지 않을 것이다. 그건 뼈다귀를 문 푸테와 같다. 절대 놓지 않을 것이다. 조금씩 캐물어서 슈테피에게서 알고 싶은 것을 다 알아내기 전까지는 말이다. 듣고 싶은 이야기를 다 듣게 될 때까지 이야기를 강요할 것이다.

이야기를 하는 건 어렵지 않다. 슈테피는 이미 머릿속에 그림이 그려져 있었다. 해리엇과 릴리안이 한숨을 지으며 더 얘기해 달라고 간청할 만한 낭만적인 장면들이. 그런 장면들은 슈테피와 에비가 몰래 읽었던 잡지에서 본 내용들이다. 또 빈에서 살 때 집이나 영화관 앞에 걸려 있던 영화 포스터에서 보던 장면들이다. 슈테피와 스벤을 주인공으로 하는 낭만적인 장면들.

단지 들키지 않아야 하는 게 힘들었다. 슈테피는 아주 조심스럽게 행동해야 했고, 해리엇과 릴리안의 화를 돋우거나 소문내지 않도록 조심해야 했다. 특히 마이가 알지 못하게 주의해야 했다.

가장 나쁜 것은 스벤에 관해 거짓말함으로써 스벤을 배신했다는 느낌이 드는 점이었다. 스벤이 이 사실을 알기만 하면 슈테피는 모든 기회를 잃고 말 것이다.

슈테피는 자신이 지어낸 거짓말에 스스로 갇힌 꼴이 되었다. 연꽃과 잎사귀가 진흙 속에서 쓰러지지 않게 받쳐주는 단단하고 기다란 연꽃 버팀목에 스스로 갇히기라도 한 듯 슈테피는 어쩔 줄 몰랐다.

13

사랑하는 내 딸 슈테피!

새 학교가 네 마음에 드는 것 같아 나도 기뻐. 네 담임 선생님은 정말 아주 훌륭한 분이신 것 같아. 네 나이 또래 여자 아이에게는 여자 어른을 모델로 삼는 일이 아주 중요하단다. 내가 말하는 모델이란 엄마가 아닌 다른 여자를 두고 하는 말이야. 너는 이제 조금씩 자라고 있구나. 우리가 이렇게 떨어져 지내지 않는다고 해도 넌 이제 다 커서 더는 나의 어린 딸로만 머물러 있지는 않겠지. 하지만 어떤 상황에서도 넌 언제나 나의 어린 딸로 기억될 거야. 모든 게 너무 힘들면 난 너와 넬리 사진을 꺼내 봐. 사진 속 너희들은 아직 아주 어린아이지. 난 우리가 함께 살았던 그 아름다운 날을 기억해.

이렇게 말하니까 모든 게 다 끝난 것처럼 암울하게 들리는구나. 우리는 미래에 대한 희망을 잃지 말아야 해. 언젠가는 이 악몽이 끝나고 우리 넷이서 다시 함께 살 날이 올 거야.

지금 한 가지 걱정거리가 있다면 그건 너와 넬리가 서로 떨어져 지낸다는 거야. 너는 예테보리에 있고 넬리는 섬에서 지내니 말이야. 넬리를 정기적으로 방문하고 있겠지? 넬리에게는 네가 필요해. 넬리는 아직 어리잖니.

이제 그만 써야겠구나. 오늘은 집에 전기가 나갔어. 그래서 램프를 오래 켜둘 수가 없어. 카바이드를 아껴 써야 하거든. 곧 답장해 주렴. 어떻게 지내는지 자세히 써서 보내렴! 네게 도움을 주는 모든 친절한 사람들에게 안부 전해 주고, 넬리가 잊지 않고 우리한테 편지 좀 하도록 해 줘.

네게 입맞춤을 보내며
엄마가

슈테피는 엄마의 편지를 들고 침대에 앉았다. 편지에는 특별한 내용이 없었다. 그러나 행간 사이로 엄마가 차마 쓰지 못한 내용을 짐작할 수 있었다. 편지에 쓴 말들은 다정하고 안심시키는 내용뿐이었지만 슈테피는 안도할 수 없었다. 엄마의 글씨체도 꼬불꼬불하게 변해 있었다. 손이 제대로 움직이지 않아서 예전처럼 만년필로 부드럽고 우아하게 글을 쓰지 못하기라도 하는 것처럼.

엄마 아빠가 슈테피와 넬리를 스웨덴으로 보내겠다고 말했을 때 처음에 슈테피는 슬픈 생각이 들었다. 하지만 자신을 위한 최선의 결정이라는 걸 한 번도 의심한 적이 없었다. 그때는 가족 모두 당분간만 떨어져 지내는 것으로 믿었다. 몇 달이 지나면 미국으로 입국 허가를 받게 될 줄 알았다.

"길어야 반 년이야."

슈테피가 얼마나 떨어져 지내야 하느냐고 물었을 때 아빠가 차분한 목소리로 한 말을 슈테피는 아직도 기억했다.

이제 전쟁이 끝나야만 가족을 다시 만날 수 있다는 데 생각이 미치자 슈테피는 넬리와 함께 차라리 빈에 있을 걸, 하고 후회했다. 슈테피는 부모님이 지금 좁고 추운 집에서 지내면서 먹을 것도 없다는 것을 안다. 또 아빠는 유대인 병원에서 일하면서도 월급을 거의 못 받고, 엄마는 이른 아침부터 밤늦게까지 일한다. 빈에 있는 모든 유대인처럼 부모님도 독일군이 앞으로 어떻게 나올지 두려움 속에서 하루하루 살고 있다는 것도 안다.

그래도 슈테피는 가끔씩 빈이 그리웠다. 엄마의 향기와 부드러운 뺨, 아빠의 따뜻한 손과 다정한 목소리가 그리웠다.

그러나 그리움보다 더 나쁜 것은 죄책감이었다. 슈테피는 무슨 권리로 예테보리의 크고, 따뜻하고, 휘황찬란한 집에서 편안하고 배부르게 사는 걸까? 부모님과 에비나 다른 친구들은 춥고 배고프게 지내는데. 슈테피는 그들과 함께 빈에 있어야 했다. 슈테피는 엄마를 도와 집안일을 해야 했다. 시내를 지나 먼 곳까지 시장을 보고, 엄마 아빠가 집에 돌아오면 미리 따뜻하게 난로를 피워 놓아야 했다.

하지만 슈테피가 그곳에 있으면 끼니를 때워야 하는 사람이 하나 더 늘어나는데다가 엄마 아빠는 슈테피와 넬리 걱정 때문에 병이 나고 말 것이다. 슈테피로서는 가족이 모두 이곳 스웨덴에 있는 것이 가장 좋을 것이다. 스웨덴에서는 식량 배급이 점점 늘어나고 자동차에는 기름 대신 냄새나는 석탄가스를 넣어야 한다는 것 빼고는 전쟁의 기운이 느껴지지 않았다. 슈테피는 어쩔 수 없다는 것을 알면서도 자신은 이곳에 있고 부모님은 그곳에 있어야 하는 사실이 불공평하게 느껴졌다.

그때 슈테피 방문을 두드리는 소리가 났다. 스벤의 스윙 리듬이었다.

"들어 와."

스벤은 문가에 서서 슈테피를 바라보았다.

"내가 방해했니?"

"아니."

스벤은 슈테피 손에 아직 들려 있는 편지를 쳐다보았다.

"부모님에게서 온 편지야?"

"응. 엄마한테서."

"새로운 소식이라도 있니?"

슈테피는 고개를 흔들었다. 슈테피가 느끼는 걱정거리를 스벤에게는 설명할 길이 없었다.

스벤이 말했다.

"미국이 전쟁에 가담해야 해. 그렇게 돼야 독일이 기회가 없지."

슈테피가 다급하게 말했다.

"우리 다른 얘기하면 안 될까? 전쟁에 대해서는 그만 얘기하고 싶어."

스벤은 슈테피를 가만히 바라보았다. 그러고는 자기 시계를 들여다보았다.

스벤이 말했다.

"가자. 넌 기분전환이 필요해."

"뭘 할 건데?"

"두고 보면 알아."

두 사람이 현관에서 외투를 입자, 푸테가 달려와서 힘차게 짖어댔다.

스벤이 말했다.

"안 돼, 푸테. 넌 벌써 밖에 나갔다 왔잖아. 이제 집에 얌전히 있어."

두 사람은 예타 광장 쪽으로 갔다. 콘서트홀에서 스벤은 멈춰 섰다.

"콘서트에 갈 거야. 십 분 후에 콘서트가 시작돼."

슈테피는 기쁨에 온몸이 달아올랐다. 콘서트에 간 지가 벌써 몇 년이 되었다. 나치가 오스트리아에서 권력을 넘겨받았을 때 유대인은 극장, 영화관, 콘서트홀 입장이 금지되었다. 섬에서 슈테피는 라디오 음악조차 들을 수 없었다. 음악을 듣는 것은 메르타 아줌마와 성령강림절교회에 따르면 죄악이었다.

슈테피는 메르타 아줌마가 떠오르자 죄책감을 느꼈다. 하지만 그 생각은 잠시 옆으로 밀쳐 두었다. 음악은 슈테피 인생의 일부였다. 어렸을 때부터 그랬다. 엄마의 피아노 연주와 노래, 슈테피의 피아노 수업, 엄마 아빠와 함께 갔던 콘서트와 오페라 공연, 여름 저녁 프라터에서 있었던 야외 콘서트. 그런 게 잘못된 것은 아니잖아?

스벤이 물었다.

"무슨 생각을 그렇게 해?"

"아무것도 아냐."

"그만 들어가자."

두 사람은 맨 뒤쪽 자리를 찾아 앉았다. 지휘자가 지휘봉을 들어올렸다. 슈테피는 아름다운 음악에 도취했다. 모차르트의 피아노 협주곡 D단조가 연주되었다. 슈테피는 이 곡을 예전에 한번 들었던 기억이 났다. 엄마와 아빠와 함께 말이다. 이 생각을 끝으로 슈테피는 음악에 젖어들어 모든 것을 잊었다.

마지막 소절이 잦아들었다. 슈테피는 서서히 주변을 인식했다. 콘서트홀, 박수를 치는 관중들, 옆자리에 앉은 스벤. 하지만 마음 속은 여전히 고요했기 때문에 슈테피는 말을 함으로써 이 고요함을 깨기가 싫었다.

두 사람이 예타 광장으로 나오자 스벤이 말했다.

"너 아주 조용하구나. 콘서트 좋았어?"

슈테피가 말했다.

"응. 물론 아주 좋았어. 고마워. 날 데려와 줘서."

"좋았다니 다행이야. 이제 카페에 가자."

두 사람은 길을 따라 산책하다가 카페에 들어갔다. 우아한 카페였다. 의자는 빨간 우단으로 덮여 있었고, 벽에는 금테 두리가 달린 거울이 걸려 있었다.

스벤이 물었다.

"뭐 먹을래? 원하는 거 골라도 돼."

슈테피는 윤이 나는 분홍색 시럽을 입힌 케이크 한 조각을 골랐다. 스벤도 똑같은 케이크를 고른 뒤 슈테피에게는 생크림을 얹은 초콜릿을, 자신은 커피를 주문했다.

두 사람은 동그란 작은 탁자에 앉아 케이크를 먹었다. 이렇게 맛있는 건 정말 오랜만에 먹어 보는 것 같았다. 슈테피는 초콜릿을 홀짝홀짝 마시며 생크림은 가능한 아껴서 오래오래 먹었다.

슈테피가 말했다.

"스벤, 우리 엄마 아빠는 먹을 게 없는데 나만 이렇게 잘 지내는 게 잘못된 걸까?"

스벤이 말했다.

"아니. 그런 생각하지 마. 부모님이 네가 잘 지내기를 바라시기 때문에 네가 여기 있을 수 있는 거야. 부모님은 네가 여기서 이렇게 케이크 먹는 모습을 보면 틀림없이 기뻐하실 거야. 네 잘못이 아닌 일 때문에 괜히 죄책감을 가질 필요 없어. 알겠어?"

슈테피는 고개를 끄덕였다. 스벤의 말을 듣고 보니 정말 그 말이 맞는 것 같았다.

14

슈테피가 해리엇과 릴리안에게 말했다.

"토요일에는 스벤과 콘서트에 갔었어. 콘서트가 끝나고 나서는 함께 카페에 갔어."

슈테피는 사실대로 말하면서도 마치 거짓말하는 기분이 들었다. 스벤이 자신을 사랑한다고 말한 거짓말 때문에 스벤에 관한 모든 말이 다 거짓말처럼 들리는 것이다. 하지만 슈테피는 불쾌감과 함께 한편으로는 몸 안에서 간질거리는 흥분도 동시에 느꼈다.

슈테피는 가끔씩 자기가 한 말에 스스로 속을 정도였다. 둘이서 어떻게 손을 잡고 산책을 했는지, 두 사람만 있을 때 스벤이 슈테피 귀에 뭐라고 속삭였는지, 두 사람의 관계를 비밀로 하기 위해 얼마나 조심해야 하는지 등등.

슈테피가 말했다.

"스벤 부모님이 아시면 안 되거든. 우리 양부모님도 아시면 곤란해. 우리 양어머니는 성령강림절교회에 다니시거든. 아주 엄격하셔."

해리엇이 한숨을 지으며 말했다.

"불쌍하기도 해라!"

릴리안은 이렇게 말했다.

"행복하기도 해라! 남몰래 하는 사랑이라니. 정말 낭만적이야."

해리엇이 물었다.

"스벤하고 벌써 키스했어? 내 말은 진짜 입에다 말이야?"

그 질문을 듣는 순간 슈테피의 몸 속에 뜨거운 물결이 휘몰아쳤다. 슈테피는 당황했다.

슈테피가 대답했다.

"아직 안 했어."

릴리안이 말했다.

"키스하면 꼭 우리에게 말해 주겠다고 약속해!"

그 다음 시간인 생물 시간에 슈테피는 스벤의 키스를 받는 공상에 잠겼다. 슈테피는 눈을 감은 채 스벤의 얼굴이 가까이 다가와 슈테피 입술에 스벤 입술이 닿는 상상을 했다. 그러고 나면? 슈테피는 그러고 나면 어떤지 알 수가 없었다.
슈테피의 뺨이 빨개지면서 기분이 아주 이상해졌다.

헤드비그 비에르크 선생님이 불렀다.

"슈테파니? 왜 그래? 몸이 안 좋아?"

슈테피는 얼른 눈을 떴다.

"네."

슈테피가 중얼거렸다.

"아니, 괜찮아요."

헤드비그 비에르크 선생님이 물었다.

"잠깐 밖에 나가서 바람을 쐴래? 신선한 바람을 좀 쐬는
게 좋겠어."

슈테피가 말했다.

"감사합니다. 하지만 이젠 괜찮아요."

슈테피는 깊이 숨을 들이쉰 뒤 칠판에 걸린 괘도에 애써
집중했다. 괘도에는 여러 가지 나무 종류와 잎들이 그려져
있었다. 학생들은 이 나뭇잎들을 자기 공책에다 그려 넣어야
했다.

쉬는 시간이 되자 마이가 물었다.

"왜 그래?"

그러나 그 목소리는 비에르크 선생님처럼 다정하거나 동
정하는 것 같지는 않았다.

"너 요즘 아주 이상해졌어. 해리엇과 릴리안하고 무슨 비밀 있지?"

슈테피가 말했다.

"없어."

마이가 화를 내며 말했다.

"나도 눈이 있어. 넌 내가 그렇게 멍청한 줄 아니? 그 아이들과 속닥거리다가도 내가 오면 조용해지는 거 다 알아. 난 우리가 서로 친구라고 생각했었어. 이젠 친구가 아닌 거니?"

슈테피는 부끄러웠다. 마이는 활짝 펼쳐 놓은 책과 같다. 전혀 숨김이 없이 솔직하다.

슈테피가 말했다.

"물론 우린 친구야. 네게 상처를 줬다면 미안해. 일부러 그런 건 아니야."

학교에서 슈테피는 계속 성적이 좋았다. 가끔씩 단어를 잘못 쓰거나 어순이 틀릴 때도 있긴 했지만 이제는 스웨덴어로 잘 읽고 쓸 수 있었다.

수학에서는 슈테피가 가장 우수했다. 슈테피와 상대가 될 만한 사람은 알리스뿐이었다. 둘 중 하나가 칠판 앞에 나가서 방정식을 풀면 비에르크 선생님은 웃으며 말했다.

"그렇지! 얼마나 간단한 문제인지 알겠지!"

마이가 칠판 앞에 나가면 일단 비에르크 선생님은 격려하며 고개를 끄덕여 보인다. 하지만 마이가 '엑스'와 '와이'를 점점 혼동하면서 처음부터 다시 시작해야 할 때면 비에르크 선생님도 점점 초조해졌다.

마침내 비에르크 선생님이 말했다.

"그게 아니라, 마이. 뭘 틀렸는지 모르겠니? 너처럼 똑똑한 아이가 왜 이걸 못 푸는지 모르겠어."

슈테피도 마이가 왜 대수학을 이렇게 어려워하는지 이해할 수 없었다. 숫자만 나올 때는 잘 계산했다. 제곱, 복리, 그 밖의 어려운 문제도 잘 풀었다. 하지만 알파벳 글자만 나오면 마이는 전혀 이해하지 못했다.

슈테피는 마이에게 수학을 가르쳐 주겠다고 제안했다. 슈테피는 학교 도서관에서 가르쳐 줄 생각이었다. 하지만 마이에게는 다른 계획이 있었다.

"우리 집에 가자. 우리 집에 한 번도 안 와 봤잖아."

슈테피는 마이가 좁은 집에서 많은 형제자매와 함께 산다는 이야기를 들은 기억이 났다. 하지만 슈테피는 거절할 수 없었다. 마이의 마음을 상하게 하고 싶지 않아서였다. 마이의 집이 별로 마음에 안 들어서 거절한다고 생각할지도 모르니까.

그래서 슈테피는 이렇게 대답했다.

"좋아. 네가 어떻게 사는지 나도 보고 싶어."

학교가 끝나자 두 사람은 푸른색 전차를 탔다. 전차는 천천히 덜커덩 소리를 내며 곡선을 그리면서 시내 중심을 지나 운하를 따라 계속 달렸다. 슈테피는 한 번도 와 본 적이 없는 곳이었다.

전차는 가파른 언덕을 힘겹게 올라갔다. 그러고 나서는 다시 부드럽게 아래로 내려갔다. 마이가 줄을 잡아당기자 전차는 다음 정거장에서 멈춰 섰다.

슈테피는 사방을 둘러보았다. 이곳에는 슈테피가 사는 구역처럼 돌로 된 높은 집들이 없었다. 이곳 집은 대개 이층집으로, 버팀대는 돌이지만 집은 나무로 지어졌다. 칠이 벗겨진 나지막한 아치문을 통해 둥근 머릿돌로 포장을 한 마당이 보였다.

두 사람은 옆 골목으로 들어섰다. '카피텐 스트리트' 라고 도로 표지판에 적혀 있었다. 반 블록 정도 더 가자 마이는 대문을 지나 마당으로 들어섰다. 마당에는 연령대가 다양한 아이들이 서른 명 정도 놀고 있었다. 마이는 슈테피에게 어린 동생들을 소개했다.

"얘가 브리텐이야. 둘째야. 쿠레와 올레는 쌍둥이야."

쿠레와 올레는 아홉 살짜리 코흘리개 소년으로 둘은 계란처럼 똑같이 보였다. 마이는 통통한 한 살짜리 아이를 들어 올렸다.

"애는 우리 막내 닌니야. 한 살이야. 언니에게 뽀뽀해 줄 거지? 음, 정말 달콤한 뽀뽀야!"

마이는 어린 동생을 자랑스럽게 슈테피 앞에 내보였다. 슈테피는 닌니의 뽀뽀를 받고 싶지 않았다. 닌니는 귀엽기는 하지만 더럽고 얼굴에 콧물이 묻어 있었다. 다행히 닌니는 낯을 가리는지 고개를 홱 돌렸다.

마이가 불렀다.

"브리텐! 닌니가 오줌 쌌잖아. 닌니 좀 잘 돌봐 줘! 다른 애들은 어디 있어?"

열한 살짜리 브리텐은 원피스가 몸에 작아서 긴 다리가 비죽 나와 있었다. 브리텐이 마이에게 다가왔다.

"아, 몰랐어. 이제 언니가 닌니 좀 보면 안 돼? 언니는 어쨌든 집에 들어갈 거 아냐. 곧 내 차례거든."

브리텐은 고무줄놀이를 하는 여자 아이 무리를 가리켰다.

브리텐이 말했다.

"에리크와 군닐은 엄마가 청소하는 집에 데려갔어. 닌니만 집에 있어. 언니가 좀 데리고 가 줘, 응?"

마이가 말했다.

"그럼 기저귀는 내가 갈게. 하지만 내가 부르면 얼른 와서 다시 데려 가. 슈테파니와 난 수학 공부 해야 해."

브리텐은 슈테피를 존경하는 눈빛으로 바라보았다.

"언니도 김나지움 다녀?"

"응."

브리텐이 말했다.

"나도 김나지움 가고 싶어."

고무줄놀이를 하던 여자 아이들 가운데 누군가 브리텐을 불렀다.

"브리텐! 네 차례야!"

"브리텐은 김나지움 못 갈 거야."

브리텐이 안 들릴 만한 곳으로 저만치 멀어지자 마이가 말했다.

"성적이 별로 안 좋아. 장학금을 받기 어려울 거야."

마이는 닌니를 데리고 위층으로 올라갔다. 문이 열려 있어서 세 사람은 곧장 부엌으로 들어갔다. 커다란 식탁, 등나무 의자 넷, 긴 의자, 아연으로 된 개수대와 번쩍거리는 가스레인지가 보였다.

마이는 누르스름한 법랑레인지를 만지며 말했다.

"멋있지? 새로 샀어. 예전에는 나무를 땠었거든."

마이는 익숙한 솜씨로 닌니를 식탁에 눕히더니 한 손으로는 버둥거리는 아이의 몸을 잡고, 다른 한 손으로는 수건에 물을 적셨다. 닌니의 속옷을 벗기자 심한 오줌 냄새가 부엌에 진동했다. 슈테피는 자기도 모르게 코에 손을 갖다댔다.

마이는 슈테피에게 등을 돌리고 있어서 슈테피 얼굴을 못 보았는데도 이렇게 말했다.

"방에서 기다려."

슈테피는 단칸방에 들어갔다. 방에는 소파 겸용 침대와 접이식 침대 둘, 작은 탁자와 의자 두 개가 놓여 있었다. 슈테피는 다들 어디서 자는지 궁금했다. 아홉 명이나 되는 사람들이 방 하나와 부엌에 나눠서 자다니.

마이는 열린 창문으로 소리를 질렀다.

"브리텐! 올라와서 넌니 데려 가!"

브리텐의 급한 발자국 소리가 계단 위로 쿵쾅거리며 울렸다. 브리텐이 넌니와 함께 사라지자, 마이는 슈테피가 있는 방으로 왔다.

슈테피가 물었다.

"넌 어느 침대에서 자니?"

"여기 이 침대."

마이는 접이식 침대를 하나 가리켰다.

"여기서 군넬과 함께 자. 브리텐은 저 침대에서 에리크와 함께 자고. 쿠레와 올레는 부엌에서, 넌니는 엄마 아빠와 함께 침대에서 자."

두 사람은 식탁에 앉아 책과 수학 공책을 꺼냈다. 처음에는 소음이 슈테피를 방해했다. 마당에서 들리는 시끄러운 목소리, 계단을 뛰어오르는 소리, 어딘가에서 들리는 라디오 소리, 또 뭔가 둔탁한 소리도 들렸다. 이웃 공장에서 나는 소리라고 마이가 말했다. 하지만 곧 소음에 아랑곳하지 않고 대수학에 완전히 집중했다.

두 사람이 몇 시간 정도 공부하고 있을 때 부엌문이 열렸다. 어린 아이 두 명이 먼저 뛰어들어오더니 이어서 외투 안에 앞치마를 두른 튼실한 여자가 들어왔다.

마이가 말했다.

"얘가 슈테파니예요."

"티라 칼손이라고 해."

마이 엄마가 인사하며 슈테피에게 손을 내밀었다.

"마이에게서 네 얘기 많이 들었어. 어린아이를 부모에게서 떼놓는 건 죄악이자 수치야. 이 히틀러라는 인간을 압착 롤러에 넣고 한번 돌리고 싶구나. 어떤 꼴이 될지 보고 싶어."

슈테피는 그 모습을 상상하다 그만 웃어 버렸다. 종이인형처럼 쫙 펴진 히틀러 꼴이라니.

"피난민들을 안 받는 우리 정부도 문제야."

마이 엄마는 계속 말을 이었다.

"피난민을 받아들일 자리가 없는 것처럼 말이야. 이 집에서도 아홉 명이나 사는데 다른 사람들도 좀 자리를 좁혀 살면 되잖아."

마이 엄마는 슈테피에게 함께 저녁을 먹자고 초대했다. 하지만 슈테피는 집에서 저녁을 먹지 않을 경우에는 미리 엘나에게 얘기하겠다고 약속했다.

마이 엄마가 말했다.

"그럼 다음에 먹자. 언제라도 네가 우리 집에 오는 거 환영이야."

마이는 슈테피를 전차 타는 곳까지 바래다 주었다. 카피텐 스트리트에서 슈테피는 술집에서 나오는 젊은 남자를 보았다. 그 남자는 마치…… 그렇다, 스벤이었다! 스벤은 빠른 걸음으로 전차 정거장 쪽으로 가고 있었다. 슈테피와 마이보다 약 20미터 정도 앞에서 걷고 있었다. 스벤은 여기서 뭘 하는 걸까?

슈테피는 술집 앞을 지나오면서 슬쩍 창문을 바라보았다. 조명이 흐릿하고 어두운 갈색으로 실내장식이 된 술집이었다. 남루한 옷을 입은 중년남자 몇 명이 탁자에 앉아 대화에 푹 빠져 있었다. 젊은 여자가 더러운 탁자를 닦고 있었다. 여자는 탁자 위로 몸을 숙이고 있느라 머리카락이 얼굴을 가렸다. 하지만 슈테피가 술집 앞을 막 지나갈 때 그 여자는 중년 남자들의 말에 대꾸하기 위해 고개를 들었다.

슈테피는 저 멀리 정거장에 선 스벤을 보았다. 두 사람이 정거장에 채 도착하기도 전에 전차가 오자 스벤은 맨 앞 칸에 탔다.

마이가 말했다.

"뛰어. 그럼 탈 수 있을 거야."

슈테피는 문이 닫히기 직전에 맨 뒤 칸에 겨우 올라탔다. 주머니에서 15외레를 꺼내 차장에게 주고 차표를 받았다.

바란트 정거장에서 스벤은 전차에서 내려 집으로 향해 걸어갔다. 슈테피는 일부러 한 정거장 더 가서 내렸다. 자기가 스벤을 본 사실을 별로 알리고 싶지 않아서였다.

스벤이 마요르나의 술집에서 무슨 볼일이 있는지 알아내기 전에는 말이다.

15

슈테피가 주말에 두 번째로 섬을 방문했을 때는 가을 폭풍우가 심했다. 출발하기 전날 밤, 거센 바람과 빗방울이 슈테피 방 창문을 시끄럽게 때렸다. 다음 날 아침, 공원에는 폭풍우에 떨어진 커다란 나뭇가지들이 여기저기 놓여 있었다. 앙상한 나무 꼭대기는 바람에 흔들렸고 구름은 하늘에서 서로 몰려다녔다. 길은 축축한 나뭇잎 때문에 미끄러웠다.

슈테피는 배에서 읽을 책을 한 권 챙겨 갔다. 배가 아직도 강을 벗어나지 못했을 때는 책에 푹 빠져 있었다. 그러나 배가 바다로 들어서자마자 파도가 거세게 몰아쳤다.

슈테피 손에서 책이 떨어졌다. 아무것도 제자리에 붙어 있지 않았다. 모든 게 흔들렸다. 가방과 바구니는 이리저리 미끄러지다가 다시 제자리로 돌아오기도 했다. 어린아이가 울기 시작했다.

배 안의 공기는 참을 수 없을 정도였다. 석탄 연기, 눅눅한 모직물과 땀 냄새로 슈테피는 속이 울렁거렸다. 한 어린아이가 엄마 무릎에 대고 구토했다. 슈테피는 그 냄새를 더는 참을 수가 없었다. 머리도 어지럽고 속도 울렁거려 밖으로 뛰어나가 갑판에 몸을 기댔다.

약 일 년 전, 슈테피가 처음 이 섬으로 왔을 때도 뱃멀미를 했었다. 그때는 오늘처럼 폭풍으로 배가 일렁거리지도 않았는데도 말이다. 슈테피는 뱃멀미를 했다는 말을 아직 아무에게도 하지 않았다. 하지만 여름에 에버트 아저씨가 슈테피를 '다이애나'에 태워 함께 고기 잡으러 가자고 했을 때 슈테피는 기분이 내키지 않았다.

섬까지는 한 시간 밖에 걸리지 않는다. 이제 곧 도착할 거야, 슈테피는 난간에 기대 구토를 하면서 애써 이렇게 되뇌었다. 그러고는 머리를 뒤로 젖혀 이마에 맺힌 차가운 땀을 빗물로 씻어 냈다.

마침내 배가 섬의 부두에 정박했을 때, 슈테피는 몸이 홀딱 젖고 녹초가 되었다. 무릎은 젤리처럼 물렁물렁해졌고, 머릿속에서는 모든 것이 빙빙 돌았다. 슈테피는 버팀줄을 잡고서 발판을 내려와야 했다.

"슈테피!"

에버트 아저씨의 목소리가 들렸다. 슈테피는 부두와 보트 창고를 돌아보았다.

"슈테피! 여기야!"

선착장보다 규모가 좀 더 작은 부두에서 목소리가 들렸다. 나룻배를 탄 에버트 아저씨 모습이 보였다. 슈테피는 휘청거리는 다리로 아저씨에게 다가갔다.

에버트 아저씨가 말했다.

"배를 가져왔어. 안 그러면 메르타 아줌마와 네가 자전거를 타고 비를 맞으면서 갈 게 아니냐."

슈테피는 빗방울이 얼굴을 때린다는 것도 잠시 잊었다. 뱃멀미 외에는 아무것도 느끼지 못했다. 섬의 저 반대편까지는 짧은 구간이긴 하지만 다시 배를 타야 한다는 생각에 속이 메스꺼워지면서 다시 구토가 날 것 같았다.

에버트 아저씨가 물었다.

"너, 꼴이 왜 그래? 물에 빠진 고양이 같구나. 오는 내내 갑판 위에 있었니?"

슈테피는 힘없이 고개를 끄덕였다.

슈테피가 작은 소리로 말했다.

"뱃멀미가 났어요."

"아이고 불쌍해라."

에버트 아저씨가 말했다.

"그럼 집에 어떻게 가지? 또 배 탈 수 있겠어?"

"모르겠어요."

에버트 아저씨가 말했다.

"한번 해 보자. 얼른 마른 옷으로 갈아입어라. 폐렴에 안 걸리고 싶으면 말이야."

에버트 아저씨는 슈테피를 부축해서 배에 태웠다. 배를 타자 아저씨는 슈테피의 젖은 외투를 벗기고 의자 밑에 있던 커다란 털 스웨터를 입혀 주었다. 그 위에다 다시 무릎까지 오는 방수옷을 입혔다. 그러고 나서 다른 방수옷을 또 하나 의자 위에 펴더니 목도리를 돌돌 말아 베개로 만들었다.

아저씨가 말했다.

"여기 누워. 수평선만 바라 봐. 그럼 좀 나을 거야."

아저씨는 모터를 작동시켜 배를 출발시켰다.

비가 슈테피 얼굴을 때렸다. 작은 보트가 파도에 실려 오르락내리락했지만 메스꺼움은 더 심해지지 않았다. 슈테피는 추위를 느끼지도 않았다. 몸이 무감각해진 것 같았다. 관절마다 피로감이 퍼졌다. 슈테피는 눈을 감았다.

다시 눈을 떴을 때는 다락방의 자기 침대 위에 누워 있었다. 누군가 신발과 방수옷은 벗겼지만 털 스웨터는 아직도 입고 있었다. 스웨터에서는 생선과 기름과 에버트 아저씨 냄새가 났다.

창밖은 거의 어두워져 있었다. 아주 한참 동안 잔 게 틀림 없었다.

슈테피는 조심스럽게 몸을 일으켰다. 어지러운 기분은 사라졌다. 배가 많이 고팠다.

메르타 아줌마는 부엌에서 식사 준비를 하고 있었다.

메르타 아줌마가 슈테피에게 말했다.

"집에 오는 방법도 가지가지구나. 에버트가 널 안고 들어왔을 때 사고가 난 줄 알았어. 당장 옷부터 갈아입어. 몸이 완전히 다 젖었을 게다."

"우유부터 좀 마셔도 될까요?"

메르타 아줌마는 고개를 끄덕였다.

"우유를 좀 데워 줄까?"

우유에서는 달고도 부드러운 향이 났다. 슈테피는 한 모금 마시기 전에 잔에서 올라오는 김부터 맡았다. 따뜻한 온기가 위장에서 관절까지 부드럽게 퍼져 나갔다.

메르타 아줌마는 장작불을 땠다. 온기 때문에 창문에 김이 서렸다. 빗소리는 장작이 타들어가는 소리, 메르타 아줌마가 조용히 감자껍질을 벗기는 소리와 함께 뒤섞였다. 곧 세 사람이 식탁에 앉을 것이다. 슈테피, 메르타 아줌마, 에버트 아저씨. 가족처럼.

124

일요일 오전에 슈테피는 베라와 함께 시간을 보냈다가 오후에는 알마 아줌마 집에 갔다. '다이애나'가 고기 잡으러 바다에 나가지 않아서 알마 아줌마 남편인 시구르드 아저씨도 집에 있었다. 어른 네 명이 식탁에 앉아 커피를 마시는 동안 슈테피는 넬리와 함께 넬리 방으로 올라갔다.

넬리가 물었다.

"언니. 하느님이 우리 엄마 아빠를 사랑하실까?"

슈테피가 대답했다.

"당연히 사랑하시지. 왜 안 사랑하시겠어?"

그러나 슈테피는 이런 말이 튀어나올 뻔했다.

'도대체 하느님이 있다면 말이야.'

마이 칼손은 하느님을 믿지 않았다. 슈테피는 하느님이 있는지 없는지 확신이 가지 않았다. 하지만 넬리에게는 아무 말도 하지 않았다.

넬리가 말했다.

"엄마 아빠는 예수님을 안 믿잖아. 언니도 생각해 봐. 만약 하느님이 그것 때문에 엄마 아빠를 돌보시지 않는다면? 부모님이…… 그러니까…… 하느님의 외아들을 부정하니까 말이야?"

"도대체 누가 그런 말을 했니?"

넬리가 말했다.

"새로 온 목사님이. 그 목사님은 유대인이 예수를 죽였기 때문에 하느님이 유대인에게 화가 나셨대. 언니, 우린 구원을 받았는데도 유대인이야?"

넬리의 커다란 갈색 눈이 반짝거리면서 아랫입술이 떨려왔다.

"그래. 우린 유대인이야. 그렇다고 부끄럽게 생각할 필요 없어. 우린 예수를 죽이지 않았어. 너도, 나도, 엄마도, 아빠도, 우리가 아는 다른 유대인 모두 예수를 죽이지 않았어. 그건 이천 년 전에 있었던 일이야. 그 일 때문에 지금 이 시대를 사는 사람들에게 잘못을 떠넘길 수는 없어. 천 년 전에는 스웨덴 바이킹족들도 사방에 돌아다니면서 물건을 약탈하고 사람들을 죽였어. 그럼 지금 스웨덴에 사는 사람들 모두 벌을 줘야겠네? 내 말 알아듣겠어? 새로 온 목사님이 뭐라고 말하든 믿으면 안 돼."

"진짜야?"

"그럼."

"내게 맹세할 수 있어?"

슈테피는 넬리에게 손을 내밀었다.

"맹세해."

넬리는 안도하는 것 같았다.

"언니?"

"응?"

"난 언니가 예테보리에 있는 거 싫어. 언니가 여기 있었으면 좋겠어."

"하지만 여기선 학교에 다닐 수가 없잖아."

넬리는 곰곰이 생각했다.

"그럼 내가 언니와 같이 살면 안 될까?"

슈테피가 말했다.

"넌 거길 좋아하지 않을 거야. 알마 아줌마와 아이들, 또 네 친구들이 보고 싶을 거야. 넌 여기서 아주 잘 지내잖니."

넬리가 말했다.

"난 다 같이 살았으면 좋겠어. 언니와 나, 알마 아줌마, 시구르드 아저씨, 엘사와 욘, 소냐와 우리 반 아이들 모두. 단, 마츠만 빼고. 마츠는 바보야. 또 메르타 아줌마와 에버트 아저씨, 언니가 지금 함께 사는 사람들, 또 베라와 마이라는 언니 친구. 또 엄마 아빠 모두 말이야. 엄마 아빠가 많이 보고 싶어. 엄마 아빠가 이리로 오실 수 있도록 하느님께 기도할 거야."

"그러렴."

슈테피는 하느님이 별로 도움을 못 줄 거라고 생각하면서도 이렇게 말했다.

"기도해."

16

예테보리의 가을은 축축한 회색 지붕처럼 도시를 덮고 있었다. 강과 운하에서 습기가 올라왔다. 아직 강물이 꽁꽁 얼어붙은 건 아니지만 그래도 바람은 얼음처럼 차가왔다.

도시의 어둠은 섬의 어둠과는 달랐다. 도시의 어둠은 까만색이 아니라 회색이었다. 도시의 불빛을 모두 지울 수는 없는 모양이었다. 가로등, 네온사인, 쇼윈도에서 나오는 강렬한 불빛, 주택 창문에서 비치는 은은한 불빛까지. 완전히 깜깜해지는 적도 없지만 완전히 훤하게 밝은 적도 없었다. 오후만 되면 어느새 황혼이 깃들었다.

빈을 떠나오기 전에 새로 구입한 슈테피의 겨울 외투는 소매가 짧아졌다. 슈테피는 손목이 시려서 외투 소매 아래로 스웨터 자락을 끌어내려야 했다. 슈테피는 반 아이들이 모두 끼고 다니는 긴 토시가 달린 손가락장갑을 갖고 싶었다. 메르타 아줌마가 직접 짠 벙어리장갑은 끼기 싫었다. 하지만 곧 벙어리장갑을 껴야만 한다. 손가락이 추위 때문에 빨갛게 얼고 갈라졌기 때문이다.

마이 집을 처음 방문한 이후로 슈테피는 매주 마이 집에 갔다. 슈테피는 마이의 수학 공부를 돕고, 마이는 슈테피에게 스웨덴어 공부를 도와주었다. 때로 슈테피는 수다스런 마이 식구들과 함께 저녁을 먹었다. 마이의 아빠는 농담도 잘하고 아이들에게 재미있는 이야기도 많이 해 주어서 아이들은 밥을 먹다가 웃음을 터뜨리기 일쑤였다.

마이의 집으로 향한 카피텐 스트리트와 전차 정거장 사이를 지날 때마다 슈테피는 스벤이 있는지 살폈다. 한번은 스벤이 술집으로 들어가는 것을 본 듯했다. 하지만 먼발치에서 본 것이어서 다른 사람을 착각했을 수도 있었다.

11월 초의 어느 날, 해리엇과 릴리안이 슈테피를 교정 한 구석으로 잡아끌었다.

릴리안이 물었다.

"그 남자애가 아직도 네게 키스 안 했어?"

"안 했어."

해리엇이 말했다.

"이상하네. 그 애도 거의 어른 같던데."

"나 때문이야."

슈테피는 거짓말을 했다.

"내가 아직 너무 어리잖아. 그 아이는 내게 해로운 행동은 절대 안 할 거야."

릴리안이 말했다.

"아, 정말 낭만적이야. 영화 같아."

해리엇이 말했다.

"영화 이야기가 나와서 말인데, '로렌스베리'에서 하는 영화가 아주 재미있대."

"영화 제목이 뭔데?"

슈테피는 대화 주제를 바꾸기 위해 그냥 물었다.

"'다시 만날 때까지'야. 아이들이 봐도 되는 애정영화야."

릴리안이 들떠서 물었다.

"우리 보러 갈래? 우리 셋이서?"

해리엇이 말했다.

"그래, 가자! 토요일 어때?"

슈테피는 주저했다. 영화관은 콘서트홀보다 더 나쁜 곳이라는 걸 알았다. 하지만 한편으로 생각할 때 슈테피가 딱 한 번 예테보리 영화관에 간다고 한들 메르타 아줌마가 무슨 수로 알아낼 수 있을까?

슈테피가 물었다.

"얼마니?"

해리엇이 대답했다.

"가장 싼 좌석이 92외레야."

슈테피는 저금통에 50외레가 있었다. 슈테피는 우선 50외레를 빌려서 사모님이 매주 일요일에 주는 용돈을 받아서 갚아야 했다. 근데 누구한테 돈을 빌릴 수 있을까? 마이는 돈도 없는데다가 해리엇과 릴리안과 함께 영화 보러 간다고 마이에게 말할 수는 없었다.

"나한테 50외레 빌려 줄 수 있니?"

스벤이 말했다.

"물론이지. 뭘 사려고?"

슈테피는 그냥 책을 산다고 거짓말을 할 수도 있었다. 하지만 그럼 스벤이 어떤 책을 살 건지 물을 것이고, 그게 아니라도 나중에 언제든지 어떤 책을 샀는지 물을지도 모른다. 그래서 슈테피는 사실대로 말하기로 했다.

슈테피가 말했다.

"영화관에 갈려고. 반 친구 두 명하고."

스벤이 물었다.

"무슨 영화 볼 건데? '분노의 포도'야? 그 영화 아주 좋다고 들었어. 나도 그 영화 볼까 생각 중이었어."

슈테피는 자기도 그 영화를 보는 거라면, 하고 바랐다.

슈테피가 대답했다.

"아니. '다시 만날 때까지' 야."

스벤이 빈정거리듯 말했다.

"아, 애정영화구나. 넌 아직 사랑에 대해 아무것도 모르잖아. 이제 겨우 열세 살인데."

"나도 사랑에 대해 조금은 알아."

스벤이 물었다.

"그렇겠지. 근데 그 행운의 남자는 누구야?"

슈테피는 입을 다문 채 자신이 한 말을 후회했다. 영화 제목을 말한 것도 후회했다. 스벤에게 돈을 빌려 달라고 한 것도 후회했다.

스벤이 계속 말했다.

"혹시 영화배우 아냐? 내가 한번 맞춰 볼까? 게리 그랜트? 레슬리 하워드? 아니면 클라크 게이블이니?"

슈테피가 말했다.

"그만 해!"

슈테피는 거의 눈물이 나올 지경이었다. 스벤은 도대체 슈테피를 어떻게 생각하는 거람?

토요일 저녁이 되자 슈테피는 특별히 신경 써서 머리를 빗고 예쁜 옷을 입었다. 그래봤자 외투를 입으면 안 보이지만.

7시 15분 전에 영화관 앞에서 만나기로 했다. 영화관은 멀지 않았다. 길만 하나 건너면 된다.

시간이 충분했다. 불을 환히 밝힌 영화관 입구 앞에는 사람들이 길게 줄을 서서 기다리고 있었다. 슈테피도 줄을 섰다. 릴리안이 먼저 오고 그 다음에 해리엇이 왔다.

세 사람은 표를 사고 크림사탕을 한 봉지 사서 나누었다. 유니폼을 입은 안내원이 표를 끊으면서 아이들에게 웃어보였다.

"손수건 준비했니, 애들아? 영화 보면서 울 텐데."

먼저 주간 뉴스가 나왔다. 첫 뉴스는 자전거 시합을 하는 소년들 이야기였다. 우승자는 이름이 라쎄로 주근깨투성이에 덧니가 있었다. 카메라를 보며 손을 흔드는 모습에서 알 수 있었다.

그러고 나서는 전쟁에 관한 독일 영상이 이어졌다. 영국 해협 근처 비행장에서 독일군 비행기에 폭탄을 싣는 장면이었다. 비행기가 이륙하자 카메라도 함께 따라 올라갔다. 이 비행기는 영국군 추격기와 전투를 시작하더니 곧 영국군 추격기를 격추시켰다. 영국군 비행기는 화염에 휩싸여 땅으로 추락했다.

슈테피는 조종사가 낙하산을 타고 뛰어내리는 데 성공했는지 궁금했다. 하지만 단호한 아나운서 목소리는 이에 대해서는 아무 설명도 없었다.

주간 뉴스가 끝나자 영화가 시작되었다. 커튼이 닫히더니 다시 천천히 열리면서 영화관 안은 음악으로 가득 찼다.

사형 선고를 받은 남자가 형 집행을 피해 도망치다가 홍콩에서 탐정에게 붙잡힌다. 전기의자로 사형을 당하기 위해 샌프란시스코로 오던 중 배 안에서 한 여자를 알게 된다. 그 여자는 검정머리에 얼굴이 창백한 미인이었다. 여자는 불치의 심장병을 앓고 있어서 곧 죽을 목숨이었다. 두 사람은 사랑에 빠졌지만 서로 상대방에게 시간이 얼마 남지 않았다는 것을 밝히지 않는다. 두 사람이 마지막 키스를 하는 순간 둘은 이제 다시는 못 만날 거라는 걸 안다. 하지만 서로 기분을 망치지 않으려고 두 사람은 그 말을 입 밖에 꺼내지 않는다.

슬프고도 아름다운 영화였다. 슈테피의 뺨 위로 눈물이 흘러내렸고, 릴리안은 큰 소리로 울먹였다.

세 사람은 아주 기분이 멍해져서 관중들과 함께 영화관의 옆문으로 나왔다.

릴리안이 말했다.

"아, 정말 좋았어! 긴 드레스를 입은 모습이 정말 아름다웠어."

해리엇이 말했다.

"검정머리는 정말 예뻐. 넌 좋겠다, 슈테파니. 검정머리여서. 검정머리 여자들은 어딘지 신비하고 낭만적으로 보여."

슈테피가 물었다.

"여주인공이 알리스 닮지 않았니?"

해리엇의 목소리는 화가 난 듯했다.

"알리스라고? 말도 안 돼! 알리스는 얼굴형이 완전히 달라. 오히려 네가 그 여자 주인공을 더 닮았어."

슈테피가 말했다.

"놀리지 마."

"아냐, 너도 눈이 크고 속눈썹이 길잖아."

세 사람은 얼마나 열심히 떠들었던지 주변 사람들에게는 전혀 신경도 쓰지 않았다. 군중 속에서 낯익은 얼굴을 발견한 슈테피가 애써 얼굴을 돌려 외면하려고 했을 때는 이미 때가 늦었다.

동글동글하고 다정해 보이는 얼굴이었다. 바로 섬에 사는 우체국 여직원인 홀름의 얼굴이었다. 홀름은 섬마을에서 말을 퍼트리고 다니는 소문의 진원지나 다름없다.

홀름이 말했다.

"아, 너 슈테피 아니니? 너도 영화관에 갔었니? 난 얀손 씨 가족은 신앙이 깊은 줄 알았는데. 여긴 내 언니야. 예테보리에 살고 있어. 이 아이들은 반 친구들인 모양이지? 여기서 만나다니, 반갑구나. 다음에 섬에 오면 우체국에 들러. 그때 좀 더 오래 이야기하자꾸나."

　슈테피는 두려움에 몸이 굳었다. 월요일이 되면 홀름은 우체국 문 앞에 앉아서 예테보리에 언니를 방문하러 간 이야기를 모두 들으라는 듯 떠들어 댈 것이다. 언니와 영화관에 갔다가 영화관 앞에서 우연히 슈테피를 만났다는 얘기도. 그럼 늦어도 화요일에는 메르타 아줌마가 이 사실을 알게 될 것이고 성령강림절교회의 모든 신도들도 알게 될 게 틀림없다.

17

영화관에 다녀 온 뒤 일주일 간, 슈테피는 외투와 모자 차림의 메르타 아줌마가 언제라도 부엌문 앞에 나타나 슈테피를 야단치거나 도시의 유혹에서 벗어나자며 끌고 갈 것만 같았다.

하지만 메르타 아줌마에게서는 아무 소식이 없었다. 다행히 홀름이 슈테피를 만난 사실을 잊은 걸까? 홀름에게는 예테보리에서 슈테피를 우연히 만난 게 특별한 일이 아닐지도 모른다. 슈테피를 만난 얘기보다 더 재미있는 이야깃거리가 많았을지도 모른다.

목요일에 슈테피는 수업이 끝나자 마이와 함께 마이 집에 갔다. 전차에서 내려서 길을 가는데 저만치 앞에 스벤이 보였다. 이번에는 의심할 여지가 없었다. 스벤은 20미터 정도 앞에 있었기 때문에 이번에는 확실히 스벤이라는 것을 알았다. 스벤은 술집으로 들어갔다.

슈테피는 걸음을 천천히 옮기며 창문 쪽으로 슬쩍 눈길을 던졌다. 스벤이 외투를 벗어 옷걸이에 걸더니 식탁에 앉는 것이 보였다. 스벤은 창가 쪽으로 등을 돌리고 앉은데다 몸으로 식탁을 가리고 있어서 맞은편에 누가 있는지 알 수가 없었다.

마이가 물었다.

"뭘 그렇게 봐? 아는 사람이야?"

슈테피가 대답했다.

"아니. 아무것도 아냐."

"그렇겠지. 이 동네에 아는 사람이 있을 리가 없지."

마이도 이렇게 말했다.

두 사람이 마당으로 들어서기도 전에 브리텐이 달려왔다.

브리텐이 소리쳤다.

"언니! 언니! 빨리 와! 닌니가 숨을 안 쉬어! 빨리 와!"

마이가 뛰어들어가자 슈테피도 그 뒤를 따라 뛰어갔다. 닌니는 모래상자로 쓰이는 작은 자갈더미 위에 앉아 있었다. 닌니는 기침을 하면서 숨을 헐떡이는데다 울기까지 했다. 닌니의 작은 얼굴은 안색이 빨개졌다 파래졌다 변하면서 곧 질

식할 것만 같았다.

마이는 소리를 지르며 아이를 번쩍 들어올렸다.

"닌니. 닌니, 죽으면 안 돼!"

그때 슈테피는 몇 년 전 일이 떠올랐다. 넬리가 아직 어렸을 때의 일이었다.

슈테피가 물었다.

"서둘러. 닌니를 살려야 해. 그리고 너, 브리텐. 엄마 어디 계시는지 아니?"

브리텐은 고개를 끄덕였다.

"당장 엄마한테 가서 병원에 가자고 말씀드려. 닌니는 위막성 후두염이야."

"어떻게 알아?"

브리텐이 이렇게 물었지만 마이가 브레텐을 떠다밀며 소리쳤다.

"슈테파니가 하는 말 못 들었니? 어서 가!"

브리텐은 달려갔다. 마이는 닌니를 팔에 안고 계단을 올라갔고, 슈테피는 그 뒤를 따라갔다.

슈테피가 말했다.

"물을 끓여야 해. 찬장에서 법랑 냄비를 꺼내."

슈테피는 냄비에 물을 채운 뒤 가스 불을 붙였다. 닌니는 마른기침을 했다. 몸에 뭔가 이상이 있기라도 한 듯 기침 소리는 섬뜩하게 들렸다.

"낡은 시트 없니? 물에 적셔서 걸어놓아야 하거든."

"부엌에 있는 긴 의자 아래 상자에 보면 쌍둥이들이 덮는 요가 있어. 그거 써."

슈테피는 상자에서 요를 꺼내 흐르는 물에 적셨다. 요가 흠뻑 젖자 부엌을 가로질러 매 놓은 빨랫줄에다 요를 걸었다. 물이 바닥으로 똑똑 떨어지면서 웅덩이가 고였다.

닌니는 다시 팽팽한 활처럼 몸을 뒤로 젖히더니 숨을 몰아쉬었다. 닌니의 둥근 얼굴이 파랗게 질렸다.

"우산 있니?"

"우산?"

마이는 이해 못하겠다는 듯 슈테피를 바라보았다.

슈테피가 말했다.

"닌니는 증기를 쐬어야 해. 닌니 주변으로 증기를 모으려면 우산이 필요해."

"우산이 없어."

마이는 흥분하며 계속 말했다.

"닌니가 죽어. 닌니가 죽는 게 안 보여?"

슈테피가 말했다.

"그럼 요를 사용하자."

슈테피는 긴 의자 아래 상자에서 요를 하나 더 꺼냈다. 마이는 의자에 앉아서 닌니를 팔에 안고 흔들었다. 마이는 울었다.

마침내 물이 끓었다.

"이리 와. 닌니를 최대한 냄비 가까이 대 줘. 데지만 않게 조심해."

마이는 김이 나는 냄비 위로 닌니의 머리를 숙였다. 슈테피는 마이와 닌니 위로 요를 펴서 천막을 만들었다.

잠시 후 닌니의 기침소리가 점차 잦아들더니 조용히 숨을 쉬기 시작했다. 처음에는 마이의 팔에서 빠져나가려고 버둥거리던 닌니도 잠시 후에는 조용해지면서 축 늘어졌다.

"아, 숨 막혀."

닌니 대신 마이의 목소리가 요 아래서 들렸다. 마이의 둥근 얼굴은 빨갛게 익었고, 안경은 김이 서렸다.

"내가 닌니 안고 있을까?"

두 사람은 자리를 바꿨다.

요 아래는 말할 수 없을 정도로 더웠다. 닌니의 작은 몸은 땀으로 뒤범벅이 되어 미끈거렸다. 마이의 엄마와 브리텐이 집 안에 들어서자 슈테피는 안도했다.

"밑에 택시가 와 있어. 닌니 이리 줘. 병원으로 갈 거야."

두 사람은 닌니를 택시 있는 곳까지 데려간 뒤 택시 뒷좌석에 젖은 요로 작은 천막을 만들고 그 위에 다시 요를 덮었다. 마이의 엄마가 택시 문을 닫자 택시가 출발했다.

마이가 물었다.

"그렇게 하는 거, 어떻게 알았어?"

"우리 아빠가 의사야. 내 동생이 위막성 후두염을 앓았을 때 아빠가 저렇게 하셨거든."

몇 시간 뒤에 마이 엄마가 집에 돌아왔다. 닌니는 다음 날까지 병원에 입원해야 했다.

마이 엄마가 말했다.

"고비는 넘겼어. 발작은 지나갔어. 병원에 도착했을 때 닌니는 잠들어 있었어. 의사는 빨리 증기를 쐴 수 있어서 다행이었대. 안 그랬으면 상황이 더 나빴을 거래."

마이가 말했다.

"너무 무서웠어요. 닌니가 죽는 줄 알았거든요."

마이 엄마가 말했다.

"너희들이 정말 잘 해 주었어. 둘 다 말이야. 슈테피, 내가 얼마나 감사해 하는지 아니?"

감사해 하다니. 거의 일 년 반 동안이나 슈테피는 자기를 도와준 사람들에게 감사해야 한다는 말만 들어왔다. 이제 마이 엄마가 슈테피에게 감사해 한다. 특별한 기분이 들었다. 하지만 좋은 기분이었다.

마이 엄마는 그날은 다시 일하러 가지 않았다. 부엌에 한

참 동안 앉아서 커피를 마셨다.

"이런 큰일을 겪고 나면 뭘 좀 먹어야 해."

마이 엄마는 이렇게 말하며 브리텐을 보내 '코펜하게너' 빵을 사오게 했다. 슈테피와 마이가 빵 하나를 나눠서 먹고, 마이 엄마와 브리텐이 다른 빵을 나눠 먹었다.

그날 오후에는 공부를 못했다. 소동을 지켜보고 문 앞에 택시가 와 있는 걸 본 옆집 여자들이 차례로 부엌으로 몰려와 무슨 일인지 물었다. 마이 엄마는 옆집 여자들에게 커피를 대접하면서 반복해서 설명했다. 여자들은 안타까워하면서도 슈테피와 마이를 칭찬했다.

슈테피는 관심이 쏠리는 게 당황스러웠지만 자부심을 느꼈다. 정거장으로 가는 도중에 슈테피는 닌니 사건에 심취해 있느라 술집 앞을 지나칠 때 스벤이 있는지 살펴보는 것도 잊어버렸다.

18

집에 돌아오니 현관 앞 작은 탁자 위에 슈테피 앞으로 온 편지가 있었다.

사랑하는 슈테피!

편지 고맙다. 네 편지를 받고 우리가 얼마나 기뻐했는지 몰라. 답장이 늦어져서 미안하구나! 할 일이 얼마나 많고 또 힘든지 가장 소중한 일을 위한 시간이 없구나. 너와 넬리에게 편지 쓰는 일 말이다.

엄마는 노부인 집에서 하던 일을 그만 두고 지금은 공장에서 일하셔. 그 말은 이전보다 더 먼 길을 가야 한다는 뜻이지. 오후에는 유대인들을 위한 상점 앞에서 길게 줄을 서서 기다리며 시간을 보내. 이곳에서 파는 식품들은 일반 상점에서는 팔 수 없는 반쯤 썩은 야채와 부패한 고기뿐이야. 요즘 난 걸어서 출퇴근을 해. 유대인은 이제부터 40번 전차를 타고 유대인 병원에 갈 수 없게 되었어!

이곳에서의 생활은 점점 더 견딜 수가 없구나. 그래서 할 수 있다면 모두들 이곳을 떠날 생각을 하고 있어. 네 친구 에비는 지난주에 부모님과 함께 이곳을 떠났어. 최근까지도 그 사람들은 아무 탈이 없을 줄 알았어. 에비 엄마가 가톨릭 신자이니까. 하지만 박해가 심해져서 이제 이곳에서 안전한 사람은 아무도 없어. 에비 가족은 포르투갈을 거쳐 브라질에 사는 친척에게로 갔단다.

우리는 에밀레 고모와 고모부와 함께 미국 영사관에 새로 신청서를 냈단다. 에밀레 고모는 미국 뉴저지에 사는 먼 친척과 연락이 닿았어. 그 친척이 어떻게든 우릴 돕겠다고 약속했단다. 이번에는 운이 좋을 것 같아. 우리는 어쨌든 희망을 버리지 않을 거야. 우리 딸들이 외국에서 우리를 기다리고 있는 한, 절대로 희망을 버릴 수 없지. 하지만 일이 잘 안 풀리거나 편지가 자꾸 늦더라도 매일 매순간 엄마 아빠가 너와 넬리를 생각하고 있다는 거 잊지 마.

사랑을 전하며

아빠가

슈테피의 마음을 가득 메웠던 기쁨이 순식간에 사라져 버렸다.

지금 당장 엄마 아빠가 계신 집에 갈 수만 있다면. 그래서 오늘 슈테피가 한 일을 설명할 수만 있다면 얼마나 좋을까. 그럼 부모님이 슈테피를 무척 대견해 하실 게 틀림없는데.

왜 하필이면 슈테피에게 이렇게 어두운 그림자가 드리워져야 할까? 왜 슈테피는 다른 여자 아이들처럼 큰 고민 없이 살 수가 없을까? 공부를 못한다고, 코가 비뚤다고 걱정이나 하는 다른 아이들처럼 말이다.

왜 부모님은 슈테피를 떠나 보내야 했을까?

그건 부모님으로서는 최선을 다한 일이긴 하다. 하지만 그래도…….

슈테피는 외로움을 느꼈다. 정말 외롭고 버림받은 기분이 들었다.

스벤의 방과 가로놓인 벽을 통해 음악 소리가 들렸다.

슈테피는 스벤의 방문을 조심스럽게 두드렸다.

"들어오세요."

슈테피는 문을 열었다.

"너였구나? 들어와서 앉아."

스벤은 의자에 놓인 책과 종이를 치워 슈테피에게 권하며 자신은 침대에 앉았다. 슈테피는 방 한가운데 그냥 섰다.

스벤이 물었다.

"왜 그래? 무슨 일이 있니?"

그러자 슈테피는 울기 시작했다. 울음소리는 나지 않았지만 뺨 위로 조용히 눈물이 흘러내렸다.

"슈테파니. 이리 와서 내 옆에 앉아."

그래도 슈테피가 꼼짝을 않자, 스벤은 자리에서 일어나 슈테피의 손을 잡고 침대로 이끌었다. 스벤은 슈테피 옆에 앉아서 어깨를 감쌌다. 슈테피는 스벤의 가슴에 머리를 기댄 채 따뜻한 스벤의 온기를 느꼈다. 스벤에게서는 면도용 화장수 냄새가 은은하게 풍겼다. 한 번도 스벤을 이렇게 가까이서 느껴 본 적이 없었다.

두 사람은 그대로 가만히 있었다. 슈테피는 꼼짝도 하지 않고 영원히 이렇게 있고 싶었다. 스벤의 품에 안겨 스벤의 가슴에 기댄 채. 스벤의 심장이 뛰는 소리가 들렸다.

마침내 스벤은 약간 옆으로 비켜 앉더니 슈테피의 턱을 손으로 받쳐 들었다.

드디어 때가 왔어, 슈테피는 이렇게 생각하며 눈을 감았다. 드디어 스벤이 키스를 하려는 구나.

슈테피는 영화 속 여주인공이 그랬던 것처럼 입을 약간 벌렸다.

하지만 스벤은 키스하지 않았다. 스벤은 바지 주머니에서 깨끗한 손수건을 꺼내더니 슈테피의 눈물을 닦아 주었다. 그러고는 슈테피를 내버려둔 채 자리에서 일어나 축음기 쪽으로 갔다. 그제야 슈테피는 음악이 끝나서 축음기 바늘이 판 위를 긁어 대고 있다는 걸 알았다.

"무슨 일이 있었어?"

스벤은 책상 의자를 당겨와서 슈테피 맞은편에 자리를 잡았다.

"아빠한테서 편지가 왔어."

"뭐라고 써 있는데?"

"모든 게 너무 끔찍해. 엄마는 공장에서 일하셔. 엄마 아빠는 먹을 것도 충분치 않은데다가 아빠는 전차를 타고 출근할 수도 없대. 에비는 브라질로 떠났어. 다시는 에비를 못 만날지도 몰라."

마치 댐의 수문이라도 열린 것처럼 말이 한꺼번에 쏟아져 나왔다. 슈테피의 생각과 꿈, 동경과 근심 모두.

스벤은 슈테피의 말을 경청했다.

"널 도울 수만 있다면."

슈테피가 입을 다물자 스벤이 이렇게 말했다.

"네 부모님이 스웨덴으로 오실 수 있도록 뭔가 할 수만 있다면."

슈테피는 말없이 고개를 끄덕였다. 슈테피도 어쩔 도리가 없다는 것을 안다. 메르타 아줌마와 에버트 아저씨, 의사 사모님조차 슈테피의 부모님이 스웨덴으로 올 수 있도록 도우려고 애썼다.

스벤이 말했다.

"친구라면 모든 것에 대해 함께 이야기할 수 있어야 해. 안 그래?"

슈테피는 다시 고개를 끄덕였다. 하지만 슈테피는 스벤이 모든 것을 자신에게 이야기하는지, 아니면 스벤 혼자서만 간직하는 뭔가가 있는 건 아닌지 궁금했다. 마요르나의 술집과 관련해서 말이다.

19

영화관에 간 지 일주일이 지났지만 슈테피는 아직 벌을 받지 않았다. 하느님에게서도, 메르타 아줌마에게서도. 하지만 다음 번 섬에 갈 일이 벌써 걱정이었다.

학교 공부에는 점점 더 많은 시간을 쏟아 부어야 했다. 일주일에 몇 번씩 시험을 보고 과제물도 해야 했다. 슈테피는 성적 때문에는 걱정하지 않았다. 성적이 반에서 상위권에 들었다. 슈테피, 알리스, 그리고 군넬이라는 여자 아이가 가장 공부를 잘했다. 물론 슈테피의 스웨덴어 실력은 완벽하지 않았지만 지난번 작문에서 알베리 선생님은 슈테피의 스웨덴어 단어 실력이 놀랄 정도로 많이 늘었고 철자법도 학기 초에 비해 상당히 좋아졌다고 말했다.

알베리 선생님이 덧붙였다.

"게다가 슈테파니에게는 독특한 판타지가 있어."

슈테피는 수학과 생물에서도 성적이 최고였다. 비에르크 선생님은 학생들을 편애하는 타입은 아니지만 자기 과목을 좋아하는 학생들은 인정해 주었다.

크란츠 선생님은 계속 슈테피의 독일어 발음을 문제 삼았다. 선생님은 슈테피에게 종종 독일어 문법에 대해 질문했지만, 슈테피는 자주 대답하지 못했다. 슈테피는 물론 독일어를 잘했지만 크란츠 선생님이 묻는 것은 독일어 문법이었다. 왜 그런지에 대한 이유와 규칙을 설명하는 일이었다. 슈테피는 그게 왜 필요한지 알 수가 없었다. 무엇이 옳고 그른 표현인지 알면 그만이지 규칙 따위가 슈테피에게 도대체 왜 필요하담?

독일어 시험이나 독일어에서 스웨덴어로, 또 스웨덴어에서 독일어로 번역해야 하는 과제에서 슈테피는 뛰어난 실력을 보였다. 하지만 크란츠 선생님은 슈테피가 스웨덴어에서 범하는 실수마다 점수를 깎았다. 그런 크란츠 선생님도 슈테피가 독일어로 번역해 놓은 문장에서는 틀린 부분을 찾아내지 못했다.

"네 스웨덴어가 조금 틀렸다고 점수를 깎는 건 공평하지 않아."

마이는 시험지를 돌려받던 어느 날 오후, 이렇게 말했다.

"프란츠 선생님은 독일어 담당이잖아. 네 스웨덴어 실력이 어떻든 그 선생님이 무슨 상관이야?"

슈테피는 마이 말이 옳다고 생각했지만 어쩔 수가 없었다.

11월 말경, 수학 시험을 보기로 되어 있었다. 시험 결과는 모두 성적표에 반영될 예정이었다. 시험 전날 슈테피는 모르고 수학 공책을 교실에 두고 나왔다. 슈테피와 마이가 막 교정을 벗어나서 시립극장 쪽으로 모퉁이를 틀려고 할 때에야 그 사실이 떠올랐다.

슈테피가 마이에게 말했다.

"너 먼저 가."

마이가 말했다.

"기다려 줄게."

"그럴 필요 없어."

"그럼 내일 보자."

슈테피는 다시 학교로 돌아갔다. 교정을 지나 계단을 올라갔다. 마지막 수업을 했던 비에르크 선생님이 교실 문을 잠그고 가버렸을까 봐 걱정이 되었다.

그러나 교실문은 열려 있었고 비에르크 선생님은 칠판을 닦고 있었다.

슈테피가 숨을 헐떡거리며 말했다.

"죄송합니다. 수학 공책을 놔 두고 가서요."

비에르크 선생님이 슈테피에게 웃어보였다.

"죽을 힘을 다해 뛰어온 모양이네."

슈테피는 공책을 가방에 넣은 뒤 돌아가려고 했다.

비에르크 선생님이 말했다.

"슈테피, 온 김에 내 부탁 하나만 들어줄래?"

"그럴게요."

"이 책을 함베리 선생님께 갖다드려. 아직 교무실에 계실 거야. 안 계시면 선생님 책상 위에 놓고 와. 함베리 선생님 책상은 교무실 왼쪽 모퉁이 맨 뒷자리야. 내 자리 옆이지. 교무실은 어디인지 알지?"

"네, 알죠."

비에르크 선생님이 말했다.

"고마워."

학교는 텅 비어서 조용했다. 슈테피의 발자국 소리가 조용한 복도에 크게 울렸다.

슈테피는 교무실 문을 두드렸지만 아무도 열어 주지 않았다. 슈테피는 손잡이를 아래로 당겨 보았다. 문은 잠겨 있지 않았다.

아무도 없는 방에 들어가자니 기분이 이상했다. 하지만 슈테피는 문을 열었다.

창문 역광에 비쳐 흐릿한 형체가 하나 보였다.

그러나 선생님은 아니었다.

알리스였다.

비에르크 선생님의 책상 위로 몸을 숙이고 있던 알리스는 책상 위에 펼쳐 놓은 종이 사이로 뭔가 찾는 것 같았다. 알리스는 몸을 일으키더니 슈테피를 바라보았다.

"여긴 왜 왔어?"

"이 책을 함베리 선생님에게 갖다 주래."

"비에르크 선생님이 무슨 서류를 갖다 달라고 부탁하셨어. 하지만 찾을 수가 없네. 그 책 갖다 놔. 함베리 선생님 책상은 여기야."

뭔가 이상했다.

비에르크 선생님이 알리스에게 서류를 갖다 달라고 부탁했다면 알리스에게 이 책도 함께 부탁하지 않았을까?

하지만 비에르크 선생님이 알리스를 보낸 게 아니라면 알리스는 도대체 교무실에서 뭘 하고 있는 걸까? 비에르크 선생님 책상에서 뭘 찾고 있었던 걸까?

슈테피가 말했다.

"걱정하지 마. 아무에게도 말 안 할게."

알리스는 슈테피의 눈길을 피하지 않았다.

"도대체 무슨 말이야? 무슨 말을 안 한다는 거야? 너 아주 웃기는구나. 착각도 잘해. 너, 학기 초부터 내 뒤를 염탐하고 다녔지. 연못가에 앉아서 내가 지나가면 쳐다보고. 내가 이미 말했을 텐데? 날 가만히 내버려 두라고. 내 말 못 알아들었어?"

"너 왜 나를 미워하니?"

이렇게 말하는 슈테피의 목소리는 또렷했지만 다른 사람의 목소리처럼 멀게 느껴졌다.

"너 때문에 창피해."

"나 때문에? 내가 뭘 어쨌는데?"

알리스가 말했다.

"우리 가족은 몇 세대 전부터 이곳 스웨덴에서 살고 있어. 우린 유대인이라고 해서 한 번도 창피하게 생각한 적이 없어. 우리 부모님과 조부모님 모두 스웨덴어를 완벽하게 하셔. 우리 아빠는 큰 회사도 운영하셔. 우린 이 도시의 유명인사들과도 친하게 지내. 근데 지금 빈털터리에 스웨덴어를 제대로 하지도 못하는 피난민들이 오고 있어. 그럼 우리의 지위도 많이 변할 거야. 사람들이 우리도 너희와 똑같다고 생각할 거라고."

슈테피는 잠시 할 말을 잃었다. 잠시 후에야 할 말이 떠올랐다.

"스웨덴이 점령당했더라면 어쩔래?! 덴마크와 노르웨이

처럼? 독일군이 여기 와서 네 아빠의 회사를 빼앗고, 멋진 너희 집과 돈을 모두 빼앗으면 어쩔래? 도시의 유명인사들이 이제 너희들하고 아는 척도 안 하면? 그럼 너희도 도망가지 않겠어? 너희들을 받아 주는 나라로 도망가지 않겠냐고? 그럼 그 나라 말을 배우려고 노력하지 않겠어? 다른 나라에서 어른들을 안 받아 주면 네 부모님은 너와 네 형제자매만이라도 다른 나라에 보내지 않겠어?"

하지만 알리스는 이미 슈테피 앞을 지나쳐 텅 빈 복도로 사라진 뒤였다.

20

"슈테파니!"

슈테피는 멈춰 섰다. 굳이 뒤돌아보지 않아도 누가 자기를 부르는지 알았다. 그 목소리는 다른 사람들 목소리에 섞여 있어도 금방 구분해 낼 수 있었다.

"잠깐 기다려 봐."

슈테피가 마이에게 말했다.

"이쪽은 스벤이야."

마이는 물론 스벤이 슈테피가 함께 사는 가족의 아들이란 걸 알았다. 또 슈테피와 스벤이 친구처럼 지내면서 슈테피가 스벤에게서 종종 책을 빌린다는 것도 알았다. 그 책을 다시 마이가 빌려가는 경우도 많았다. 하지만 슈테피가 스벤을 어떻게 생각하는지는 마이도 몰랐다. 슈테피는 가끔 마이에게 그 이야기를 하고 싶었지만 해리엇과 릴리안에게 꾸며댄 거짓말 때문에 차마 할 수가 없었다.

스벤이 슈테피를 향해 뛰어왔다. 스벤은 비를 막느라 외투 깃을 올렸고 머리에는 모자를 쓰고 있었다. 스벤이 쓴 모자는 챙이 넓고 가운데가 푹 꺼져 있었다. 슈테피는 이런 차림의 스벤을 한 번도 본 적이 없었다. 보통 때는 학교 모자를 쓰던가 아니면 모자를 안 쓰고 다녔다. 이런 모자를 쓰니 스벤은 더 어른스럽게 보였다. 거의 낯설기까지 했다.

"안녕. 날씨가 왜 이래! 비가 억수같이 퍼붓는구나. 영국 사람들 표현에 따르면 '비가 고양이와 개처럼 쏟아진다'고 하지."

슈테피는 웃었다. 그러고는 회색, 까만색, 흰색 고양이 새끼들이 푸테와 비슷하게 생긴 강아지들과 함께 하늘에서 떨어지는 모습을 상상했다. 눈이 섞인 이 축축한 비보다는 그게 훨씬 더 재미있을 것 같았다.

스벤이 물었다.

"네 친구 소개 안 해 줄 거야?"

마이는 스벤에게 손을 내밀었다.

"마이 칼손이라고 해."

마이는 진지하게 말했다.

"슈테파니의 반 친구야."

스벤은 마이와 악수했다.

"스벤 세데르베리라고 해. 슈테파니의…… 오빠라고 할 수 있지."

오빠라니!

마이가 말했다.

"넌 책이 참 많더라. 슈테파니를 통해 몇 권 빌려 봤어."

"어떤 책이 가장 마음에 들었어?"

"모두 다. 그 중에서도 특히 노동 작가가 쓴 책이 좋았어. 에이빈 욘손이 가장 마음에 들었던 것 같아."

스벤은 마이를 주의 깊게 살펴보았다.

"세상에, 에이빈 욘손이라니! 나도 그래. 에이빈 욘손은 내가 가장 좋아하는 작가 중 한 명이거든."

슈테피는 땅바닥만 내려다보았다. 스벤은 슈테피에게 에이빈 욘손의 책을 몇 권 빌려 주었지만 슈테피는 절반 밖에 읽지 못했다. 그 책에는 수많은 개미와 숲 이야기와 슈테피가 이해하지 못하는 낯선 인간 유형이 나왔다. 마이는 그 책을 이해한 모양이다. 그 책을 다 읽고 지금 스벤과 그 책에 대해 열심히 토론하는 걸 보니.

슈테피가 말했다.

"우린 전차 타러 가는 길이야. 비가 너무 많이 오네."

"그래. 여기 오래 서 있으면 안 되겠어. 엘나의 부엌에서 따뜻한 차 한 잔 같이 마시는 거 어때? 그럼 조용히 더 얘기할 수 있잖아."

마이가 말했다.

"고마워. 괜찮다면 나도 좋아."

슈테피는 마이를 한 번도 집에 초대하지 않았다. 슈테피는 반 친구를 집에 데려와도 되는지 알 수가 없었다. 그래도 되는지 사모님에게 물어볼 엄두도 나지 않았다. 하지만 지금 스벤이 마이를 초대했다. 그게 아무것도 아닌 일인 양. 슈테피에게는 어떻게 할지 아무도 묻지 않았다.

빗방울은 더 거세졌다. 스벤은 가방 속에서 신문을 꺼내더니 세 부분으로 나눴다. 세 사람은 신문을 한 장씩 머리에 쓰고 뛰어갔다.

마이는 돌로 된 넓은 계단을 오르면서 입이 떡 벌어졌다. 계단 바닥은 바둑판무늬로 되어 있었고, 벽에는 금박으로 된 촛대가 걸려 있었다. 하지만 마이는 아무 말도 하지 않았다. 스벤이 승강기 문을 친절하게 잡아줄 때도 가만히 있었다. 승강기가 3층으로 올라갈 때까지, 또 스벤이 현관문을 열어 집 안으로 안내할 때까지만 해도 아무 말이 없었다. 그러나 집 안에 들어서자 마이는 더는 참을 수가 없었던 모양이다.

마이가 소리쳤다.

"세상에! 우리 엄마가 청소 일을 하는 집도 이렇게 좋지는 않을 거야."

스벤이 웃었다.

"숙녀분들이 외투 벗는 것 도와드릴까요?"

잠시 후 세 사람은 부엌 식탁에 앉아 커다란 잔에 차를 따라 마셨다. 스벤과 마이는 계속 대화를 나눴다. 이제는 정의에 대해 이야기했다. 노동자들이 이 사회에서 더 많은 권력을 잡아야 한다고 말했다.

슈테피는 따돌려진 기분이었다. 스벤이 슈테피에게도 말을 걸었지만 슈테피는 이런 문제에 대해 할 말이 없었다. 마이는 주거 문제니, 자녀 보조금이니, 또 슈테피가 모르는 다른 문제에 대해서 자기 의견이 뚜렷했다.

"사회주의가 유일한 해결책이야. 그러니까 노동자들은 자신의 요구사항을 밀어붙여야 해."

그때 엘나가 일하다가 고개를 들어 이쪽을 쳐다보았다. 엘나는 빵틀에다가 막 빵 반죽을 붓던 참이었다.

"스벤, 부끄러운 줄 알아. 어린아이들에게 공산주의 생각을 주입하는 게 네 할 일은 아닐 텐데."

"엘나, 너무 완고하게 그러지 마세요. 산업분야에서 제대로 된 일자리를 얻어 보세요. 그럼 노동자 동료들이 생길 테고 모든 게 완전히 다르게 보일 거예요."

"그 말 참 이상하구나. 마치 내가 하는 이 일은 제대로 된 노동이 아닌 것처럼 말하네. 게다가 내가 거기서도 여기처럼 잘 적응할 수 있을 것 같니?"

마침내 푸테가 부엌문 앞에서 낑낑거리기 시작했다. 푸테가 산책 갈 시간이 이미 한 시간이나 지났기 때문이다.

스벤이 말했다.

"개는 내가 산책시킬게. 숙녀분들은 좀 더 이야기를 나누시지."

스벤은 오후 내내 자신과 마이 둘이서만 떠들었다는 걸 알아채지 못한 것 같았다. 슈테피는 대화에 거의 끼어들지 못했다.

슈테피와 마이는 슈테피 방으로 갔다. 슈테피 방에 들어온 마이는 가구, 양탄자, 커튼을 차례대로 보며 감탄했다. 슈테피는 마음이 혼란스러워 마이가 그만 가 주었으면 했다.

스벤이 부르는 소리를 슈테피가 못 들었다면 더 좋았을 뻔했다. 그럼 마이는 전차를 타고 집에 갔을 테고 슈테피는 스벤을 혼자만 차지할 수 있었을 텐데. 그럼 둘이서 의사의 커다란 검정 우산을 빌려서 푸테와 산책하러 갔을 텐데. 우산을 함께 쓰면 서로 몸이 딱 붙어서 손과 어깨가 우연히 부딪힐 수도 있을 텐데.

마이가 말했다.

"정말 좋은 곳에서 사는 구나. 넌 정말 운이 좋아."

슈테피는 오후 내내 쌓였던 분노가 폭발해 버렸다.

"너 정말 웃기는구나. 내가 우리 가족과 함께 살 수만 있다면 옷장처럼 좁은 집에서 살아도 좋다는 걸 이해 못하겠니? 난 여기 살면서 계속 감사해야 하는 게 싫어."

마이는 상처를 입었다.

마이가 말을 꺼냈다.

"내 말은 그게 아니라……."

슈테피가 마이의 말을 잘랐다.

"네 말의 뜻이 뭔지 내가 알 바 아냐."

잠시 조용해졌다.

잠시 후 마이가 말했다.

"그럼 난 그만 집에 갈게."

슈테피가 말했다.

"네 마음대로 해."

슈테피는 마이 쪽으로 등을 돌린 채 책상에 앉았다. 잠시 후 방문이 열리고 다시 닫히는 소리가 들렸다. 다시 현관문 닫히는 소리가 났다.

슈테피는 뛰어나가 현관문을 열고 마이더러 가지 말라고 말하고 싶었다. 하지만 슈테피는 그렇게 하지 않았다.

한참 후에 스벤이 개를 산책시키고 돌아와 슈테피 방문을 두드렸다.

"마이는 벌써 갔니? 같이 저녁 먹자고 하지 그랬어? 너도 마이 집에서 자주 저녁 먹지?"

슈테피는 어깨를 으쓱해 보였다.

스벤이 물었다.

"마이는 집이 어디야?"

슈테피가 대답했다.

"마요르나."

그러고는 곧 이렇게 덧붙였다.

"카피텐 스트리트 24번지야."

슈테피는 특별히 힘을 주어 주소를 불러 주었다. 마요르나, 카피텐 스트리트. 술집과 스벤이 무슨 관계가 있는지 궁금했다.

하지만 스벤은 거리 이름에 특별하게 반응하지는 않았다.

"그래?"

이렇게 말하는 스벤의 목소리는 멍하게 들렸다.

슈테피는 이왕에 이런 이야기가 나와 버렸으니 더 캐묻고 싶었다.

"거기가 어딘지 전혀 모르지?"

"카피텐 스트리트라고 했니? 스티베리 광장 근처에 있는 거 아냐?"

거기가 어딘지 잘 알고 있잖아, 슈테피는 소리치고 싶었
다. 넌 언제나 그곳 술집에서 남루한 옷을 입고 턱수염이 난
늙은 남자들하고 함께 앉아 있잖아. 도대체 거기서 뭐하는
거니?

거기서 뭐하는 거야, 스벤?

21

주말에 슈테피는 다시 섬으로 갔다. 그 주는 정말 이상하게 지나갔다. 마이와 슈테피는 평소처럼 나란히 앉아 공부하고, 같이 점심을 먹고, 쉬는 시간에는 교정을 산책했다.

하지만 두 사람 사이는 예전 같지 않았다. 마이는 조용했고 늘 말조심을 했다. 슈테피는 그날 오후 자기 방에서 있었던 일에 대해 마이가 먼저 말을 꺼내 주기를 바랐다. 그럼 슈테피도 사과할 수 있을 텐데. 하지만 마이가 입 다물고 있는 한 자기가 먼저 그 얘기를 꺼낼 용기가 없었다. 그래서 그 문제에 대해서는 아무 말하지 않고 한 주가 지나갔다.

슈테피는 마이로 인한 긴장감 때문에 불행한 영화관 사건은 거의 잊고 있었다. 하지만 가방을 싸는 동안 다시 영화관 사건이 떠올랐다. 메르타 아줌마에게서 아무 연락이 없다고 해서 아줌마가 그 사건에 대해 아무것도 모른다는 의미는 아니다. 아줌마는 슈테피를 직접 만나서 말할 기회만 노리고 있을지도 모른다.

슈테피는 메르타 아줌마에게서 야단을 맞고 벌을 받았을 때를 떠올렸다. 슈테피 눈에는 그때 야단을 맞았던 이유들이 영화관에 간 것에 비하면 아무것도 아니었다. 슈테피는 메르타 아줌마를 만나는 게 달갑지 않았다. 그래서 주말에 섬으로 가지 말고 그냥 아프다고 핑계를 댈까 잠시 고민했다. 사실 슈테피는 약간 감기 증세도 있었다.

이번에 못 가면 다음 주나, 그 다음 주에는 가야 한다. 잘하면 크리스마스 방학 때까지 섬 방문을 미룰 수도 있다. 3주 후면 크리스마스 방학이 시작되니까. 이 경우 크리스마스를 망칠 위험이 있다. 그러니까 차라리 지금 겪는 게 낫다.

강에서 불어오는 습한 추위가 슈테피 옷 안을 파고들었다. 그래도 슈테피는 잠시 동안 갑판에 서 있었다. 진짜 감기에 걸려서 열이라도 나면 메르타 아줌마가 불쌍하게 여겨서 많이 야단치지 않을지도 모른다.

섬 부두에는 아무도 슈테피를 마중하러 나오지 않았다. 슈테피는 늘 '다이애나'를 매어 놓는 자리를 쳐다보았지만 배는 없었다. 그러니까 에버트 아저씨는 고기 잡으러 가고 없다. 슈테피로서는 불행한 일이다. 에버트 아저씨가 있으면 아줌마에게 야단을 맞을 때 슈테피 편을 들어줄 텐데.

슈테피는 혼자서 마을로 걷기 시작했다. 날이 벌써 어두워졌고 주변에는 아무도 없었다. 몇 백 미터쯤 갔을 때 두 사람의 형체가 다가오는 게 보였다. 하나는 크고 하나는 작았다. 곧 알마 아줌마와 넬리라는 걸 알았다.

넬리는 슈테피 쪽으로 달려오며 외쳤다.

"언니!"

슈테피는 동생을 안아 주었다.

넬리가 물었다.

"진짜야, 언니? 진짜로 그랬어?"

"뭘 말이야?"

"도시에서 영화관에 갔다는 거 말이야."

그러니까 모두 다 알게 되었다. 홀름이 비밀로 해 주기를 바라던 희망은 모두 사라졌다.

넬리가 말했다.

"난 그래도 언니가 나쁜 사람이라고 생각 안 해. 주일 학교에서도 사람들에게 다 그렇게 말했어."

알마 아줌마가 말했다.

"집에 온 거 환영한다, 슈테피. 도대체 무슨 짓을 한 거니?"

알마 아줌마의 목소리는 아주 심각하게 들렸다. 이제 메르타 아줌마가 영화관 출입을 중죄로 여겨서 도시의 '유혹'에 슈테피를 더는 방치할 수 없다고 결정내릴지도 모를 일이다! 그것 때문에 김나지움을 그만두어야 하면 어떡하지?

알마 아줌마가 말했다.

"메르타 아줌마는 다리가 아프셔. 그래서 자전거로 널 마중하러 못 오셨어. 넬리가 널 마중하러 가겠다고 했지만 이 어둠 속에 넬리 혼자 보낼 수가 없어서 같이 왔어."

슈테피는 알마 아줌마의 말이 제대로 들리지 않았다. 머릿속에는 한 가지 생각만 맴돌았다. 메르타 아줌마가 뭐라고 하실까?

슈테피는 알마 아줌마 집 앞에서 두 사람과 헤어졌다. 내일 넬리를 방문하겠다고 약속했다. 슈테피는 가능한 천천히 걸었다. 강한 바닷바람 때문에 집 안의 따뜻한 온기가 그립긴 했지만.

언덕 꼭대기에 이르러 저 아래 하얀 집이 보이자 슈테피는 그 자리에서 멈춰 섰다. 언제나 그랬던 것처럼. 바다 저 멀리 등대에서 빨간 불이 반짝거렸다. 사방이 어찌나 어두운지 저 아래 해안선만 간신히 보일 정도였다.

부엌 창문은 불이 훤히 밝혀져 있었다. 저 안에서 메르타 아줌마가 슈테피를 기다리고 있겠지.

현관문을 열자마자 구운 청어 냄새가 물씬 풍겼다. 슈테피는 처음에 이 집에 왔을 때 일주일에 몇 번씩 나오는 생선 요리를 역겨워 했었다. 그러다가 나중에는 생선에 익숙해졌다. 지금은 생선이 맛있을 정도다. 물론 생선가시가 목에 걸릴까 봐 아직도 겁이 나긴 하지만.

메르타 아줌마는 화덕 앞에 서 있었다.

"곧 저녁 차려 줄게. 알마가 전화해서 네가 곧 집에 도착할 거라고 알려 줬어."

메르타 아줌마의 무릎 부분은 스타킹 위로 모직 끈이 친친 감겨져 있었다. 감자 삶은 물을 따라 내려고 개수대로 향하는 아줌마의 발걸음이 무거워 보였다.

슈테피가 말했다.

"제가 할게요. 아줌마는 좀 쉬세요."

메르타 아줌마는 약간 투덜거리며 말했다.

"늘 쉬기만 하면 어떡해? 쉬는 건 천국에 가서도 할 수 있어. 그리고 이젠 다 했어."

슈테피는 생선과 감자가 담긴 접시와 우유 한 잔을 받았다. 슈테피가 식사를 하는 동안 메르타 아줌마는 맞은편에 앉아 있었다. 하지만 영화관 이야기는 꺼내지 않았다. 아줌마는 무릎관절이 아프다는 이야기, 류머티즘인 것 같다는 이야기, 실비아는 김나지움을 그만두고 상업고등학교에 갔다는 이야기를 했다.

슈테피가 식사를 끝내고 나서야 메르타 아줌마가 말했다.

"설거지를 끝내면 거실로 와. 너하고 할 얘기가 있어."

슈테피가 설거지를 하는 동안, 거실에서는 라디오 소리가 들렸다. 메르타 아줌마는 저녁기도를 듣고 있었다.

슈테피는 그릇을 씻고 행주로 닦은 뒤 찬장에 그릇을 정리했다. 식탁을 닦고, 싱크대와 화덕을 깨끗이 청소한 뒤 부엌 바닥을 조심스럽게 쓸었다. 이제 더 할 것도 없었다. 더는 대화를 미룰 수가 없었다.

저녁기도가 끝나자 메르타 아줌마는 라디오를 껐다. 아줌마는 아주 꼿꼿하게 앉아 있었다. 손을 포갠 채 식탁에 팔꿈치를 기댔다. 앞에는 커다란 가족 성경책이 놓여 있었다.

아줌마가 말했다.

"들어와서 앉아."

슈테피는 아줌마 맞은편에 놓인 커다랗고 딱딱한 의자에 앉았다.

메르타 아줌마가 말했다.

"자, 할 얘기가 뭔지 너도 아마 알게다."

질문이라기보다는 확인하는 말처럼 들렸다. 슈테피는 아무 대답도 하지 않았다.

"삼주 전, 홀름 양이 예테보리로 언니를 방문하러 갔어. 두 사람은 영화관에 갔었지. 밖으로 나왔을 때 홀름 양은 네가 여자 아이 두 명과 영화관 앞에 있는 걸 보았다더구나. 사실 이니?"

슈테피는 고개를 끄덕였다.

"그럼 이제 네게 묻겠다, 슈테피. 너 영화를 봤니?"

아니라고 대답하는 건 얼마나 쉬운 일일까?

아뇨, 저는 영화를 보지는 않았어요. 친구들과 산책하다가 영화관 앞에 서서 그냥 포스터만 구경했어요. 그때 우연히 홀름 양이 지나가다가 절 보고는 우리가 영화를 봤다고 생각한 거예요. 메르타 아줌마도 홀름 양이 말이 많아서 아무도 홀름 양의 말을 곧이곧대로 안 믿는다는 거 아시잖아요.

메르타 아줌마는 슈테피가 거짓말을 할 기회를 주었다. 하지만 슈테피는 그 기회를 잡지 않았다.

슈테피가 말했다.

"네. 영화를 봤어요. 콘서트에도 갔었어요."

메르타 아줌마가 말했다.

"좋아. 거짓말을 안 해서 다행이구나. 하지만 넌 일 년 이상 성령강림절교회에 다녔어. 그러니 세속적 향락을 누리는 건 허용되지 않는다는 사실을 너도 알 게다. 넌 죄를 지었어. 네가 잘못을 뉘우치길 바란다."

슈테피는 이제 이렇게 말하기만 하면 된다. 죄송해요. 잘

못했어요. 다시는 안 그럴게요. 하지만 슈테피의 마음속 깊은 곳에서는 메르타 아줌마가 옳지 않다는 생각이 들었다.

"그게 왜 죄죠? 전 이해 못하겠어요. 난 어릴 때부터 엄마 아빠와 함께 영화관에 다녔어요. 일 년에 몇 번씩 말이죠. 아이들도 볼 수 있는 영화를 함께 봤어요. 메르타 아줌마는 우리 부모님이 내게 안 좋은 걸 보여 주셨다고 생각하세요? 우리 부모님이 나쁜 사람들이라고 생각하세요?"

메르타 아줌마는 아무 말 없이 슈테피를 한참 쳐다보았다. 마침내 아줌마는 생각에 잠긴 채 천천히 고개를 끄덕였다.

아줌마가 말했다.

"알겠다. 아니, 내 말은 네 부모님이 나쁜 사람이라고는 생각하지 않아. 네 부모님은 나쁜 사람이 아니셔. 이제 어떻게 된 건지 알았으니까 나도 상의해 볼게. 내일 다시 얘기하자. 이제 방에 올라가도 좋아."

메르타 아줌마가 상의해 보겠다는 말은 하느님과 대화한다는 뜻이다. 하느님은 어떤 방법으로든 아줌마에게 대답을 해 주는 모양이었다.

다음 날 메르타 아줌마는 슈테피를 데리고 성령강림절교회에 갔다. 아줌마는 영화관에 대해서는 더는 말을 꺼내지 않았다. 슈테피는 이제 무슨 일이 벌어질지 걱정이었다.

주일 학교 아이들이 교회에서 막 나오고 있었다. 넬리가 슈테피를 보고 뛰어왔다.

"언니는 이제 제명되는 거야? 사람들이 언니는 제명될 거라고 말했어."

슈테피가 말했다.

"나도 몰라. 어떻게 될지."

메르타 아줌마가 교회에서 결정권을 가진 사람과 이야기를 하는 동안 슈테피는 닫힌 문 밖에서 기다렸다. 드디어 문이 열렸다.

어떤 부인이 말했다.

"슈테피는 이제 들어오렴."

테이블에는 다섯 사람이 앉아 있었다. 네 명은 남자고, 한 명은 여자였는데, 아까 슈테피더러 들어오라고 했던 그 여자였다. 메르타 아줌마는 다른 사람들과 약간 떨어져 테이블 끝에 앉아 있었다. 빈 자리가 없어서 슈테피는 그냥 문가에 서 있었다.

남자 중 한 명이 말했다. 새로 온 목사임이 틀림없었다.

"그러니까 슈테피는 영화관에 들어갔구나."

"네."

"너는 우리의 주님이신 하느님께 죄를 지었다는 걸 아니?"

메르타 아줌마는 급하게 슈테피 쪽으로 몸을 돌렸다. 메르타 아줌마의 얼굴 표정에서 슈테피는 자신이 해야 할 대답을 읽을 수 있었다.

"네, 알아요."

당신들의 신앙에 따르면 그렇지요, 하지만 슈테피는 그 말이 튀어나오지 않도록 입술을 꽉 깨물었다.

목사가 말했다.

"슈테피가 몇 살 더 많았더라면 이 사건으로 공동체에서 제명되었을 수도 있어. 하지만 넌 아직 어리고 교회에 들어온 지 얼마 안 되었기 때문에 이번에는 그냥 넘어가기로 했다. 네 양어머니가 진심으로 널 대변해 주어서 네게 심한 처벌을 내리고 싶지 않구나. 하지만 다시 한 번 이런 일이 일어나면 우리도 더는 봐 줄 수가 없어. 슈테피는 알아들었니?"

"네."

"그럼 가도 좋아."

슈테피가 밖으로 나오자 메르타 아줌마가 말했다.

"이런 건 처음 생각해 본 건데, 하느님도 약간은 융통성이 있으시겠지."

그러고 나서 알마 아줌마 집에 가서 커피를 마셨다.

22

슈테피가 배를 타기 위해 집을 나서기 직전 메르타 아줌마
는 흰 봉투를 건네 주었다.

메르타 아줌마가 말했다.

"에버트 아저씨와 내게 줄 크리스마스 선물 살 돈이야. 사
모님에게는 크리스마스 꽃을 선물해. 꼭 잊지 마! 예테보리
에 있는 네 친구들에게도 뭔가 선물해. 넬리와 베라에게는
물론이고."

봉투가 얇고 가벼운 걸 보니 지폐가 들어 있는 게 틀림없
었다. 5크로네짜리 지폐겠지. 슈테피는 봉투를 당장 열어 보
고 싶었지만 메르타 아줌마는 슈테피의 여행 가방 속에 봉투
를 넣었다.

"봉투는 꺼내지 마. 안 그러면 가다가 잃어버릴 거야. 집에 도착할 때까지 기다렸다가 꺼내 봐."

하지만 갑판에 올라서자 슈테피는 당장 봉투를 꺼내 손가락으로 살짝 벌여 조심스럽게 지폐를 보았다.

10크로네였다!

스웨덴에 온 이후로 슈테피는 이렇게 많은 돈을 가져 본 적이 없었다. 슈테피가 교과서를 사야 하는 장학금을 빼면 말이다. 용돈이라고는 25외레나 50외레가 전부였다. 1크로네를 받는 경우도 거의 없었다.

슈테피는 이 돈으로 무엇을 살지 당장 계획을 세우기 시작했다. 넬리에게는 예쁜 편지지를 선물해야지. 엄마 아빠에게 편지를 쓸 수 있도록 말이다. 넬리에게는 또 슈테피가 갖고 있던 독일 책 중 한 권을 선물할 생각이다. 그림이 있는 동화책으로. 에버트 아저씨에게는 보온병을 선물할 생각이다. 아저씨는 바다에서 마시는 커피가 충분히 뜨겁지 않다고 늘 불평했었다. 메르타 아줌마에게는 가사 시간에 직접 짠 안경집을 선물할 생각이다. 아주 예쁜 안경집이다. 이제 돈이 충분하니까 벨벳을 좀 사서 안감을 댈 수도 있었다.

마이에게는 특별히 예쁜 선물을 주고 싶었다. 그러면 두 사람이 여전히 친구 사이라는 걸 마이도 알아줄 것이다. 책을 선물할까? 스벤에게 부탁해서 마이가 좋아할 만한 책을 골라 달라고 할 수도 있다. 베라에게는 머리 리본이나 원피스에 붙이는 레이스 깃을 선물할 생각이다.

그리고 스벤. 스벤에게는 뭘 선물할까? 슈테피만 줄 수 있는 특별한 선물이어야 했다. 스벤이 원하는 게 뭔지 아는 사람이 슈테피밖에 없다는 것을 확실하게 보여 줄 만한 선물이어야 했다.

이런저런 생각에 시간 가는 줄도 모르던 슈테피는 어느 새 배가 예테보리에 정박하자 깜짝 놀랐다. 한 손은 외투 주머니 속에서 10크로네 지폐를 꼭 쥔 채 전차를 타고 의사 가족이 사는 집으로 돌아왔다.

크리스마스 방학을 이제 3주 앞두고 학교 분위기도 달라졌다. 계속 과제물을 내고 시험도 보았지만 선생님들은 평소처럼 그렇게 엄격하지 않았고 체육 시간에는 민속춤도 배웠다. 비에르크 선생님은 크리스마스 히아신스를 교탁에 올려놓았다. 선생님도 어쩔 수 없이 크리스마스 히아신스의 라틴어 학명을 칠판에 적긴 했지만 이 꽃을 교탁 위에 둔 이유가 향기 때문이라는 걸 알 수 있었다.

크란츠 선생님만 평소와 똑같이 굴었다. 숙제를 잔뜩 내주고 미리 예고하지 않은 시험도 자주 보았다.

"벌써 놀 생각부터 하지 마. 열심히 공부하지 않으면 성적표에 결과가 그대로 나타날 거다."

마이와 슈테피는 학교에서 계속 친하게 지냈지만 슈테피는 벌써 몇 주 전부터 마이의 집에 가지 않았다. 오후는 길고 따분했다. 스벤은 요즘 집에 잘 붙어 있지 않았다. 스벤은 학교에서 돌아오면 푸테와 재빨리 산책을 마친 뒤 다시 밖으로 사라졌다. 저녁 식사 때나 되어서야 다시 집에 돌아왔다. 저녁을 먹은 뒤에 다시 나가는 경우도 많았다.

어느 날 슈테피는 학교 수업이 끝나자 연꽃 연못으로 갔다. 하지만 벤치에 앉기에는 날씨가 너무 추웠다. 연못 수면은 얼어붙었다. 슈테피는 연못을 한 바퀴 빙 돌면서 얼어붙은 연꽃잎을 바라보았다. 백조 한 쌍은 보이지 않았다.

집에 돌아오자 스벤이 테이블 위에 놓인 우편물을 뒤적이고 있었다. 스벤이 슈테피에게 편지 한 장을 건넸다.

"네 편지야."

슈테피는 방에 돌아와 편지를 읽었다.

슈테피!

이제 드디어 좋은 소식을 전하는구나! 엄마와 나는 미국 입국 허가서를 받았단다. 이제 서류 몇 장만 더 작성하면 돼. 이제 2, 3주 후면 스페인과 쿠바를 거쳐 미국으로 들어갈 수 있을 거야. 그럼 1941년 새해는 아마 먼 나라에서 축하하겠지!

에밀레 고모와 가족도 우리와 함께 간단다. 아르투르 고모부가 일을 다 처리해 주었어. 고모부가 몇 주 동안 허가서를 발급하고 서류를 교부하는 관공서와 미대사관을 찾아다녔어.

난 하루 종일 병원에서 일하느라 그런 일을 하러 다닐 시간도 없고 힘도 없는데 정말 다행이야. 아르투르 고모부는 일을 안 하니까 이런 문제가 없어. 독일군이 고모부 회사를 몰수했거든. 다행히 고모부 가족을 위한 여행 경비를 지불할 돈은 충분히 마련했어.

슈테피, 그런데 옥에 티가 하나 있단다. 너도 알다시피 엄마와 나는 너와 넬리가 몹시 보고 싶고 하루 빨리 너희들을 다시 품 안에 안고 싶은 마음뿐이란다. 하지만 대서양을 건넌다는 건 한창 전쟁이 벌어지는 요즘 같은 때에 위험하기도 하고 비용도 만만치 않아. 너희들이 오는 도중에 무슨 일이라도 생긴다면 난 결코 나 자신을 용서하지 못할 거야. 게다가 우린 재산도 많이 줄어들었어. 지금 엄마와 나는 우리 두 사람 여행 경비 정도밖에 없어.

사랑하는 슈테피. 그래서 하는 말인데, 지금으로서는 너희 둘이 계속 스웨덴에 머무는 게 가장 좋을 것 같아. 우리도 미국에서의 생활이 어떨지 아직 몰라. 어디서 살게 될지 일자리는 얻을 수 있는지 말이야. 물론 가능한

한 빨리 너희들을 데리러 올게. 조금만 더 참아 줘, 씩씩
하고 의젓한 내 딸 슈테피야. 그리고 넬리에게도 왜 이렇
게 일이 오래 걸리는지 잘 설명해 주길 바라.

여행 문제가 다 해결되면 곧 다시 편지할게.

사랑하는 아빠가

엄마가 그 아래 이렇게 썼다.

사랑하는 슈테피!

정말 잘 된 일이지? 우리가 기다려왔던 하루하루가
마치 일 년 같았어. 미국에 가기만 하면 모든 게 다 좋아
질 거야. 그건 확실해.

입맞춤을 보내며
엄마가

슈테피의 심장이 쿵쾅거렸다. 부모님이 이제 떠날 수 있게
되었다! 미국으로. 언제나 가고 싶어하던 그곳으로. 부모님
이 안전할 수 있는 나라로. 유대인이라고 해서 박해받지 않
는 곳으로.

하지만 슈테피는 스웨덴에 머물러야 했다. 전쟁이 끝나기 전까지는 엄마 아빠를 다시 못 볼지도 모른다.

슈테피가 미국으로 가게 되면 마이와 베라는 다시 못 만나게 될 것이다. 메르타 아줌마와 에버트 아저씨도. 스벤도. 무엇보다 스벤을.

슈테피는 웃고, 울고, 또 크게 소리지르고 싶었다. 모두 한꺼번에 말이다. 슈테피는 스벤의 방문을 열어젖혔다.

"무슨 일이야?"

슈테피는 차분하게 설명하려 했지만 독일어와 스웨덴어 단어들이 하나씩 뒤죽박죽 튀어나올 뿐이었다. 그래서 슈테피는 대신 편지를 건네 주었다.

스벤이 편지를 읽었다.

"정말 잘 되었구나! 이번에는 좋은 소식일 줄 알았어."

스벤은 축음기 음악을 크게 틀더니 슈테피를 번쩍 일으켜 스윙에 맞춰 춤을 추었다. 그러더니 다시 슈테피를 세우며 물었다.

"너는? 너는 당장 가고 싶지 않아?"

"물론 가고 싶지."

"네가 떠나면 많이 보고 싶을 거야."

"정말?"

"너도 알면서. 널 좋아해, 슈테파니."

스벤은 이렇게 말하지 않았다. 널 사랑해. 하지만 '널 좋아해' 라는 말도 거의 같은 뜻이다.

슈테피는 이렇게 말할 뻔했다.

널 사랑해.

하지만 그 순간 마루 쪽으로 난 스벤의 방문을 누군가 두드렸다. 사모님이었다.

"무슨 일이야? 왜 이리 시끄러워!"

스벤이 말했다.

"슈테파니의 부모님이 미국으로 가는 입국 허가서를 받았대요."

사모님이 말했다.

"아, 그것 정말 잘 됐구나. 그럼 곧 우리 곁을 떠나겠구나?"

"아뇨, 부모님이 저더러 여기 더 있으래요."

사모님이 다시 말했다.

"아, 물론 넌 얼마든지 이곳에 머물러도 좋아. 그렇게 하기로 약속했으니까."

밤이 되자 슈테피는 편지를 베개 밑에 놓고 잠이 들었다. 그러고는 스벤과 함께 미국 뉴욕의 고층 건물들 사이로 산책하는 꿈을 꾸었다.

23

이제 2, 3주 후면 떠날 수 있을 거야, 아빠 편지에 이렇게 적혀 있었다. 그 편지는 1940년 11월 28일에 쓴 것이다. 이제 벌써 12월 중순인데 다음 편지가 없었다. 여행 준비로 할 일이 아주 많다고 하더라도 언제 출발하는지, 어떤 노선으로 갈 건지, 슈테피가 어디로 편지를 보내야 하는지 등 편지에 써서 알려 줘야 하는 게 아닐까?

이제 곧 학교도 방학하면 슈테피는 섬으로 가야 한다. 슈테피는 엄마 아빠에게서 온 중요한 편지가 크리스마스 방학 내내 의사 가족의 현관 앞 테이블 위에 방치될까 봐 걱정이었다.

의사 가족은 크리스마스 동안 뵈름란드에 있는 친척을 방문했다가 다시 스톡홀름으로 가기로 했다. 새해가 되어서야 다시 집으로 돌아온다.

엘나는 예테보리에서 몇 킬로미터 떨어진 집에서 크리스마스를 가족과 함께 보낸다. 휴가가 끝나면 엘나는 다시 의사 가족네로 돌아오긴 하지만 슈테피는 엘나가 우체국으로 가서 부모님의 편지를 슈테피에게 다시 보내 주는 수고를 해 줄지 의문이었다.

날마다 슈테피는 불안해졌다. 부모님이 벌써 떠난 건 아닐까? 갑작스럽게 떠나야 해서 편지를 못 썼을 수도 있다. 부모님은 지금 도대체 어디 계실까?

지리 시간에 슈테피는 지도책에서 유럽 지도를 편 채 빈에서 대서양으로 가는 모든 행로를 손가락으로 짚어 가며 따라가 보았다. 북이탈리아를 거쳐 마르세유로 갔다가 그곳에서 배를 타고 갈까? 아니면 계속 북쪽으로 가서 스위스를 거쳐 대서양 해안이 있는 프랑스 보르도로 갈까? 하지만 아빠는 편지에 스페인을 거쳐 쿠바로 갈 거라고 썼다. 그럼 스페인 항구여야 한다. 빌바오인가?

슈테피는 이탈리아와 남프랑스를 거쳐 가는 노선으로 결정했다. 피레네 산맥을 지나 빌바오로 향하는 노선이었다. 그러고 나서 세계지도를 편 채 북스페인의 바다에서부터 아메리카 대륙 중간의 쏙 들어간 부분에 있는 섬들까지 일직선으로 자를 대보았다. 슈테피는 어디가 쿠바 섬인지 정확히 알 수가 없어서 상세 지도를 펴야 했다. 그때 쿠바섬과 미국 내륙 사이에 좁은 해협이 가로막고 있는 것을 본 슈테피는 안도했다. 쿠바에 도착하기만 하면 거의 다 온 셈이니까.

"슈테파니?"

슈테피가 고개를 들어 보니 얼굴에서 20센티미터 정도 떨어진 곳에 막대기가 아래위로 흔들거렸다. 슈테피 반을 가르치는 유일한 남자 선생님인 룬크비스트 선생님은 질문할 때 막대기로 학생들을 툭툭 치는 나쁜 버릇이 있었다. 대답을 빨리하면 막대기를 치우지만 머뭇거리면 막대기가 점점 다가와 코끝을 건드리기도 했다.

슈테피는 선생님의 질문을 못 들었다.

"자, 뭐지?"

막대기는 이제 몇 센티미터 앞까지 다가왔다.

마이는 입술도 거의 움직이지 않은 채 슈테피만 들리도록 작게 중얼거렸다.

"러시아 강 이름."

"볼가 강, 드네프르 강, 드네스트르 강, 돈 강……."

슈테피는 러시아 강 이름들을 알고 있었다. 룬크비스트 선생님은 슈테피에게서 막대기를 걷어 칠판에 걸어 둔 커다란 지도에서 강줄기를 가리켰다.

"…… 오브 강과 예니세이 강."

룬크비스트 선생님이 말했다.

"잘했어. 내가 잘못 본 게 아니라면 슈테파니는 방금 다른 대륙에 몰두했던 것 같은데 말이야. 앞으로는 수업 시간에 좀 더 집중해 주면 고맙겠다. 그래야 슈테파니의 짝이 학교 규칙을 어겨가면서 살짝 답을 알려 줄 필요가 없지. 안 그래?"

슈테피가 작은 소리로 대답했다.

"네."

"뭐라고 대답한 거야? 하나도 안 들려."

슈테피는 크게 대답했다.

"네. 다시는 안 그럴게요."

하지만 룬크비스트 선생님은 아직도 만족하지 못했다.

"슈테파니는 서인도제도에 관심이 아주 많은 것 같은데, 반 아이들에게 서인도제도에 대해 설명 좀 해 주겠니?"

슈테피는 머뭇거렸다. 지금 어떻게 하든 혼날 게 뻔했다. 그렇다면 사실대로 말하는 게 좋겠다고 생각했다.

"우리 부모님이 어떤 노선으로 미국으로 가실지 한번 본 것뿐이에요."

룬크비스트 선생님은 웃었다. 막대기가 슈테피의 어깨 위에 닿았다.

"세상에. 슈테파니 부모님이 미국으로 여행을 가시는구나. 그래, 부모님은 거기서 뭘 하신다니? 물어 봐도 된다면."

선생님의 질문은 학생들이 생각하는 것처럼 그렇게 악의 있는 질문은 아닌 것 같았다. 하지만 룬크비스트 선생님은 슈테피를 꽉 물고 조금도 봐 주려고 하지 않았다. 슈테피는 대답을 피할 수가 없었다.

슈테피가 말했다.

"부모님은 미국에 가셔야만 해요. 빈에서는 살 수가 없어서요."

"왜 못 사시지?"

룬크비스트 선생님의 목소리는 점점 더 부드러워지더니 거의 다정하게 들릴 정도였다. 하지만 슈테피를 바라보는 회색 눈길은 차가웠다.

슈테피가 대답했다.

"부모님은 유대인이시거든요."

룬크비스트 선생님은 고개를 끄덕였다.

"그렇지. 나라 없는 민족이지. 유럽에서 아주 특이한 존재들이야. 독일이 이제 그걸 깨달았어."

반 전체가 아주 조용해졌다. 바닥 위로 의자 당기는 소리, 종이에 글씨 쓰는 소리 하나 들리지 않았다. 슈테피 어깨 위에 놓인 막대기가 어찌나 무겁게 느껴졌던지 슈테피는 의자에서 쓰러질 것만 같았다.

"룬크비스트 선생님."

마이는 크고 또렷한 목소리로 말했다.

"그렇게 말씀하시는 건 옳지 않습니다."

감히 어떻게 저렇게 말할 수가 있을까? 선생님에게 저렇게 말하면 안 된다. 적어도 룬크비스트 선생님에게는.

선생님이 다시 말했다.

"세상에. 마이는 왜 옳지 않다고 생각하는지 친절하게 설명 좀 해 주겠니?"

마이는 선생님의 눈을 똑바로 쳐다보며 대답했다.

"슈테파니의 부모님에 대해 나쁘게 말씀하시는 건 옳지 않아요. 슈테파니의 부모님이 조국에서 도망쳐야 하는 건 부모님 잘못이 아니에요. 독일군의 강요에 의한 것이기 때문에 독일군을 변호하는 건 옳지 않습니다."

선생님의 목소리는 날카롭게 들렸다.

"이제 말 다 했니? 그럼 이제 복도로 나가거라. 네게 주는 벌이다."

마이는 몸을 일으키더니 책상 서랍에 지도를 집어넣었다.

슈테피는 갑자기 두려움이 사라졌다. 마이가 자기 친구라는 사실에 기쁨과 뿌듯함이 몰려왔다.

슈테피가 말하며 일어섰다.

"저도 나갈게요."

룬크비스트 선생님이 소리를 질렀다.

"넌 앉아 있어!"

하지만 슈테피는 복종하지 않았다. 슈테피는 마이와 함께 교실 문으로 향했다. 반 아이들 모두 자기편이라는 것이 느껴졌다. 밖으로 나가는 동안 대부분의 학생들이 격려하는 눈길로 고개를 끄덕여 보였다.

하지만 알리스만은 슈테피의 눈길을 피했다. 칠판만 뚫어지게 바라보는 알리스의 얼굴은 당황한 듯 창백했다.

"슈테파니, 너 두고 보자."

등 뒤에서 룬크비스트 선생님이 이렇게 말하는 소리가 들렸다.

슈테피는 교실 문을 열었다. 복도는 텅 비어서 조용했다. 두 사람은 서로 바라보았다.

슈테피가 말했다.

"미안해. 그때 내가 너한테 아주 바보같이 굴어서 미안해. 난 네가 날 이해 못하는 줄 알았어."

마이가 말했다.

"괜찮아. 난 네가 꼭 다시 부모님과 함께 지내게 되길 바라."

마이는 슈테피의 손을 꼭 잡았다.

"너 룬크비스트 선생님 얼굴 봤니? 선생님은 막대기와 고압적인 태도로 우릴 꼼짝 못하게 할 수 있다고 생각하나 봐."

마이가 말했다.

"이제 우리 어떻게 될까?"

슈테피가 말했다.

"꾸지람이나 듣겠지, 뭐. 하지만 그래봤자 아냐? 그래. 그 정도야, 뭐."

24

쇼윈도의 크리스마스 장식은 참 아름다웠다. 크리스마스 요정, 전나무, 화환, 윤이 나는 유리구슬 등. 쇼윈도를 따라 걸으며 아름다운 물건들을 쳐다보는 것만 해도 즐거웠다. 10 크로네짜리 지폐가 주머니 속에 들어있을 때는 기쁘기까지 하다.

슈테피는 넬리에게 줄 편지지를 사고, 에버트 아저씨를 위한 보온병도 샀다. 또 메르타 아줌마의 안경집에 댈 벨벳 천도 샀다. 베라를 위해서는 푸른색 실크로 된 머리 리본을 발견했다. 빨간 머리에 잘 어울릴 것이다. 마지막으로 서점에 가서 마이에게 줄 책을 골랐다.

스벤에게는 어떤 선물을 줘야 할지 아직 생각나지 않았다.

스벤이 원하는 게 무엇인지 슈테피만이 안다는 걸 깨닫게 해 줄 선물이어야 한다. 이제 곧 상점 문을 닫을 시간이고 그럼 선물을 살 수가 없다. 내일은 방학하는 날이어서 슈테피는 섬으로 가야 했다.

외투 주머니 속에는 아직도 1크로네짜리 동전 두 개와 50 외레와 25외레짜리 동전이 들어 있었다. 이 돈이면 스벤 선물을 사기에 충분할 테고 또 사모님에게 줄 꽃도 살 수 있다.

벌써 점원들은 마지막 손님들이 상점 안으로 들어오는 걸 막기 시작했다. 곧 있으면 늦어서 살 수가 없다.

그때 슈테피는 지금까지 한 번도 보지 못한 쇼윈도를 하나 발견했다. 쇼윈도의 파란 벨벳이 깔린 진열대 위로 흰 뼈로 만든 물건이 눈에 들어왔다. 날카로운 칼날과 손잡이가 아름 답게 조각된 그 물건은 종이 자르는 칼이었다.

저것이야말로 스벤을 위한 물건이었다!

슈테피는 상점 손잡이를 아래로 밀었다. 하지만 상점은 닫혀 있었다. 반쯤 어두컴컴한 실내에 누군가 움직이는 것이 보였다. 슈테피는 문을 두드렸다. 처음에는 조심스럽게 나중에는 세게 두드렸다.

창문에 얼굴이 하나 나타났다. 회색 머리의 나이든 남자였다. 남자는 고개를 흔들며 입술을 오므리며 뭐라고 들리지도 않는 말을 했다.

말은 들리지 않아도 슈테피는 남자가 '문 닫았어' 하는 말
이란 걸 알았다.

"제발요."

슈테피는 남자에게 안 들린다는 걸 알면서도 외쳤다.

"제발 좀 들여보내 주세요!"

남자는 한숨을 짓는 듯하더니 열쇠를 꽂아 돌렸다. 남자는
문을 약간만 열며 슈테피를 바라보았다.

남자가 말했다.

"문 닫았다니까."

"전 그냥…… 들어가면 안 될까요……."

목에 말이 걸려 나오지 않았다.

"제발요! 저 칼! 쇼윈도에 있는 저거."

남자가 물었다.

"저 칼 사고 싶니?"

남자의 스웨덴어에는 강한 악센트가 섞여 있었다.

"네, 제발요."

"그럼 들어 와."

작은 상점은 물건으로 가득 차 있었다. 어둠 때문에 잘 보
이지는 않았지만 여기저기에 놋쇠가 번쩍거리고 매끄럽게
광택 나는 나무가 빛을 발했다. 상점 안은 달콤한 냄새로 가
득했다.

남자는 상점 안과 쇼윈도 사이에 난 문을 열더니 손을 집
어넣었다.

"이거 말이니?"

남자는 판매대 위로 종이 자르는 칼을 내려놓았다. 슈테피
는 날카로운 칼날을 조심스럽게 쓰다듬었다. 손잡이의 조각
된 장식도 만져 보았다.

슈테피가 말했다.

"정말 아름다워요."

남자가 말했다.

"상아로 만든 거야. 3크로네야."

"3크로네라고요?"

슈테피는 그렇게 비싼 물건이라고는 생각도 못했다. 슈테
피는 외투 주머니 속에 든 동전을 움켜잡았다. 다른 선물을
사기 전에 이 칼을 봤어야 했는데. 그럼 다른 사람에게 줄 선
물은 좀 더 싼 걸로 골랐을 텐데.

남자는 안달하며 물었다.

"돈이 없니?"

"있긴 있어요. 근데 좀 모자라요."

남자는 칼을 들고 다시 쇼윈도로 갔다. 남자가 칼을 파란
벨벳 천 위에 다시 놓으려는 순간 슈테피가 말했다.

"2크로네 75외레 있어요. 그 칼을 2크로네 75외레에 주시

면 안 돼요?"

남자가 말했다.

"너 아주 당돌하구나. 문을 닫은 뒤에 와서는 값까지 깎으려 들다니 말이다."

하지만 남자는 화가 난 것처럼 보이지는 않았다. 그냥 조롱하듯 말했다.

"이 칼은 누구에게 줄 거니?"

슈테피가 말했다.

"스벤요."

"근데 스벤이 누구지? 네 오빠니?"

"아뇨, 내…… 남자 친구예요. 책을 볼 때 저런 칼이 필요할 것 같아서요."

남자는 생각하듯 고개를 끄덕였다.

"책을 볼 때 저런 칼이 필요할 것 같다고? 그럼 그 친구에게 칼을 주어야지. 2크로네 50외레 주렴."

남자는 비단 종이에 칼을 싼 뒤 다시 갈색 종이로 쌌다. 그 위를 빨간 리본으로 묶었다. 슈테피가 판매대 위로 동전을 내려놓자 남자가 물었다.

"넌 어디서 왔니?"

"빈이요."

"난 리투아니아의 빌뉴스 출신이야. 신의 축복을 빈다."

아직 남은 25외레 동전은 사모님에게 빨간 튤립이 든 작은 바구니를 사 드리기에 충분했다.

그날 저녁, 스벤이 슈테피를 만나러 방에 들어와 보니 슈테피 책상 위에는 선물 상자들이 가득 쌓여 있었다.

스벤이 말했다.

"크리스마스 선물을 많이 샀구나."

"응."

스벤이 말했다.

"난 올해에는 크리스마스 축제를 안 지내기로 했어. 이번에는 함께 베름란드로 떠나지 않겠다고 부모님에게 이미 말해 두었어."

"왜?"

"이해 못하겠어? 전 세계가 전쟁에 휘말려 있는데 어떻게 우리만 평화롭게 축제를 지낼 수 있니? 이건 말도 안 돼. 난 크리스마스 선물 살 돈을 모두 피난민 원조기구에 기부할 거야."

사방은 조용했다. 스벤은 슈테피 책상 위에 놓인 연필을 손가락으로 빙빙 돌리고만 있었다. 슈테피는 뭐라고 말을 해야 했다. 그렇지 않으면 스벤이 다시 자기 방으로 돌아갈 것 같았다.

"그럼 크리스마스 방학 때 뭐할 거야? 베름란드에 안 가면 말이야."

"특별한 건 없어. 그냥 집에 있을 거야. 공부나 해야지 뭐. 그럼 기분이 좋아져. 책도 읽고, 푸테도 돌보고. 그럼 같이 안 가도 돼. 게다가 푸테는 기차 타는 거 싫어해."

"방학 내내 혼자 집에 있으면 심심하지 않을까? 다른 사람들은 모두 가족과 크리스마스를 보내는데?"

스벤은 슈테피를 바라보았다. 입가가 슬쩍 웃듯이 주름이 잡히는 모습이 뭔가 즐거워하는 듯한 인상을 받았다. 슈테피가 자기를 걱정해 주는 것이 스벤 마음에 들기라도 한 것처럼. 하지만 전혀 걱정할 필요가 없다고 생각하는 것처럼.

스벤이 말했다.

"걱정 마. 푸테가 있잖아."

다음 날 대강당에서 방학식이 열렸다. 학교 합창단이 노래를 하고 교장 선생님은 연설을 했다. 고학년 여학생이 나와 시를 낭독했다. 그러고 나서 학생들 모두 교실로 돌아가 성적표를 받았다.

이름의 알파벳 순서대로 교탁 앞에 나와서 비에르크 선생님에게서 성적표를 받았다. 슈테피의 이름은 뒤에 있어서 차례가 오기까지는 한참 기다려야 했다. 슈테피는 성적표를 대충 훑어보았다. 수학, 생물, 미술은 수였지만 독일어는 수와 우의 중간이었다.

비에르크 선생님은 지난 학기에 모두 잘 협력해 주어서 고맙다고 말하면서 즐거운 성탄과 방학을 맞이하기 바란다고 말했다.

복도에서는 학생들이 크리스마스카드와 선물을 주고받거나 성적표를 비교해 보기도 했다.

알리스가 슈테피에게 아주 무덤덤하게 물어 보았다.

"수학은 뭐 받았어?"

"수."

"나도. 독일어는?"

"수와 우의 중간이야. 너는?"

알리스가 대답했다.

"난 수야."

슈테피가 알리스의 성적을 시샘한 건 아니었다. 하지만 알리스가 수학이나 다른 과목에서 슈테피보다 더 좋은 성적을 받았더라면 슈테피도 질투하지 않았을 것이다. 하지만 독일어에서 더 좋은 성적을 받았다는 건 공정하지 않았다. 크란츠 선생님은 슈테피를 좋아하지 않았고 슈테피가 얼마나 잘하든 간에 크란츠 선생님은 늘 틀린 부분을 찾아내고 말 것이다.

슈테피가 마이에게 크리스마스 선물을 주자, 마이도 슈테피에게 선물을 주었다.

마이가 말했다.

"성탄 축하해. 새해가 지나면 보자."

새해가 지난 그 주에 마이는 섬으로 슈테피를 찾아가 3일 동안 머물기로 했다.

"벌써 기다려져. 그때 모두 다 보여 줄게. 베라와 넬리도 만나고."

두 사람은 평소처럼 함께 학교에서 나왔다. 전차 정거장에서 헤어지면서 슈테피는 마이가 그리울 것 같다는 생각을 했다. 2주 후면 다시 만날 텐데 말이다.

슈테피는 옷을 갈아입으려고 방으로 갔다. 가방은 이미 쌌고 배는 한 시간 후면 출발이다. 스벤은 집에 없었다. 길고 좁다란 선물상자는 아직 슈테피 책상 위에 놓여 있었다. 슈테피는 종이를 한 장 꺼내 편지를 썼다.

스벤에게.
이 선물은 크리스마스라고 해서 주는 게 아니라……

슈테피는 머뭇거렸다.
……널 사랑하기 때문에 주는 거야.
아냐, 슈테피는 그렇게 쓸 용기는 없었다.

……네게 꼭 필요할 것 같아서 주는 거야.

슈테피는 대신 이렇게 썼다. 쪽지를 상자에 붙인 뒤 스벤 방의 손잡이에 상자를 걸어 두고 집을 나섰다.

25

섬은 눈과 얼음으로 덮여 있었다. 메르타 아줌마와 슈테피가 지하실에 있는 난로에 열심히 불을 땠지만, 아침에 자고 일어나면 창문에는 눈꽃이 잔뜩 피어 있었다.

메르타 아줌마가 말했다.

"이대로 간다면 올 겨울이 지난 겨울보다 더 춥겠는걸."

날씨가 추워질수록 아줌마 무릎의 통증은 점점 심해졌다. 아줌마는 사다리를 오르거나 무릎을 꿇지도 못했다. 슈테피는 바닥을 닦고 방금 빨아서 다림질한 크리스마스 커튼을 달아야 했다. 집에서는 비누와 방금 구운 빵 냄새가 기분 좋게 났다.

크리스마스 대청소는 시간이 많이 걸렸다. 저녁에는 학교 근처 썰매장에서 베라와 함께 썰매를 탔다. 옷에 잔뜩 눈을 묻힌 채 새빨개진 뺨으로 집에 오면 슈테피는 몹시 피곤해서 눕자마자 잠에 곯아떨어졌다. 엄마 아빠 걱정을 할 시간이 별로 없었다.

하지만 크리스마스 축제가 지나고, 크리스마스 음식도 거의 다 먹어치우고, 선물도 다 풀어 보고 나자 걱정이 다시 고개를 들었다. 부모님은 출발하셨을까? 지금 어디 계실까? 왜 편지를 안 하실까?

마침내 슈테피는 메르타 아줌마에게 전화를 써도 되는지 물었다. 슈테피는 자기에게 온 편지가 있는지 의사 집으로 전화를 걸어 물어 보았다.

엘나가 전화를 받았다. 슈테피는 스벤에 대해 물었다. 편지가 와 있으면 스벤에게 부탁해서 편지를 읽어 달라고 할 생각이었다. 엘나는 편지를 읽을 수가 없으니까.

엘나가 말했다.

"스벤? 스벤은 집에 없어. 학교 친구와 함께 시골로 여행 갔어. 개도 데리고 가고. 집에 언제 돌아오는지 나도 몰라."

이상해, 슈테피가 생각했다. 나한테는 푸테와 함께 집에서 지내겠다고 말했잖아? 아마 몹시도 외로웠던 모양이다.

"내게 편지 온 거 있어요?"

"기다려 봐. 보고 올게."

잠시 후에 엘나가 다시 수화기를 들었다.

"크리스마스카드만 와 있어. 헤드비그 비에르크라는 사람에게서."

"엘나. 내가 없는 동안 편지가 오면 섬으로 보내 줄 수 있어요? 아주 중요한 편지거든요."

엘나가 말했다.

"그래. 그렇게 해 줄게."

슈테피는 어쨌든 헤드비그 비에르크 선생님이 자기에게 크리스마스카드를 보낸 사실이 기뻤다. 슈테피는 반 아이들 모두 카드를 받은 건지, 아니면 자기만 받은 건지 궁금했다.

크리스마스 동안에는 온도가 더 내려가 바다가 얼기 시작했다. 처음에는 얕은 만에만 얼더니 점차 얼음이 번져 나갔다. 얼음 사이로 여기저기 바닷물이 보였다.

새해는 알마 아줌마와 시구르드 아저씨 집에서 보냈다. 하지만 올해에는 진짜 새해의 기쁨 같은 게 없었다. 이런 전쟁 통에 감히 미래에 대한 희망을 품는 사람이 누가 있을까? 알마 아줌마의 자식들인 엘사와 욘만 기분이 들떴다. 이 두 아이는 벌써 저녁 아홉 시에 잠자리로 보냈는데도 말이다.

슈테피와 넬리는 자정에 종이 울릴 때까지 깨어 있다가 라디오에서 새해맞이 시를 들어도 좋다고 허락을 받았다. 그러고 나자 몹시 춥고 어두워서 집까지 먼 길을 갈 수가 없었다.

메르타 아줌마와 에버트 아저씨는 손님방에서 자고, 슈테피와 넬리는 넬리 침대에서 함께 자기로 했다. 침대가 좁아서 자매는 서로 반대 방향으로 누웠다.

"아야, 언니가 날 찼어!"

"내가 안 찼어. 네가 날 간지럼 태웠지."

"기다려 봐!"

넬리는 이렇게 말하더니 이불 속으로 고개를 집어넣었다. 다음 순간 넬리는 반대 방향으로 나타나 침대 가장자리 쪽으로 누웠다.

넬리가 슈테피 옆으로 똑바로 몸을 눕히며 말했다.

"이렇게 하니 좀 낫네."

슈테피는 침대에서 몸을 일으켜 넬리 베개에 팔을 뻗었다.

"언니?"

"응?"

"엄마 아빠도 오늘 밤에 새해맞이 했을까?"

"했겠지."

"엄마 아빠가 우리 생각했을까?"

슈테피가 말했다.

"그럼. 엄마 아빠가 어디서 무엇을 하시든 틀림없이 우리 생각하셨을 거야. 아주 확실해."

하지만 넬리가 슈테피 몸에 착 붙어 잠들고 난 뒤에도 잠을 이루지 못한 슈테피는 편지가 안 오는 이유를 곰곰이 생각했다.

새해에 다시 한번 예테보리에 전화를 했다. 편지가 왔지만 엘나가 깜빡 잊고 안 보냈을지도 모른다.

슈테피는 스벤에게 새해 인사도 하고 싶었다. 하지만 전화 벨이 한참 울렸는데도 아무도 받지 않았다.

마이를 마중하러 부두로 가는 동안 신발 아래 눈이 뽀드득 밟히는 소리가 났다. 메르타 아줌마는 슈테피의 외투 깃 위로 두꺼운 목도리를 매 주었다. 슈테피는 사실은 목도리를 별로 안 매고 싶었지만 추위가 몸속으로 파고들자 목도리를 하고 오길 잘했다는 생각이 들었다.

슈테피는 배에서 내리는 손님을 마중하는 게 즐거웠다. 매번 마중을 받아보기만 했으니까 말이다.

증기선에서 뿜어져 나오는 흰 연기는 벌써 멀리서도 보였다. 증기선이 근처 섬을 돌아서 부두에 도착하기까지는 약간 시간이 걸렸다. 슈테피는 차가운 바람 속에 달달 떨면서 부두에 서 있었다.

발판이 내려오기도 전부터 마이는 갑판에 서서 손을 흔들더니 승객들 중에서 가장 먼저 내렸다. 이런 시기에는 섬을 찾는 손님이 많지 않지만 일부 섬 주민들이 새해를 다른 곳에서 지내고 돌아오는 모양이었다.

마이가 말했다.

"여기 정말 좋구나! 동화책에 나오는 곳 같아."

슈테피는 사방을 둘러보았다. 주변에 잔뜩 쌓인 눈은 햇빛 속에서는 하얗게 눈부시다가도 그늘로 가면서 파랗게 보였다. 빨간색 보트 창고의 처마에는 유리처럼 투명한 고드름이 달려 있었다. 배 사이로 스치는 바람 소리가 음악 소리처럼 들렸다. 슈테피는 마이에게 섬의 가장 아름다운 면을 보여 주게 되어 기뻤다.

"어서 와. 네 가방은 어디 있니?"

마이는 배낭만 하나 메고 왔지만 배낭을 내려놓지 않으려 했다.

"배낭을 메고 있으면 등이 아주 따뜻하거든."

두 사람은 섬 안쪽으로 갔다. 슈테피는 여기저기를 가리키면서 설명했다.

"저 뒤는 에버트 아저씨의 배를 매 두는 곳이야. 바다에 안 나가는 날에 말이야. 배 이름은 다이애나야. 여기가 학교고 저긴 상점이야. 이건 성령강림절교회야."

그때 슈테피에게 한 가지 생각이 떠올랐다.

슈테피가 말했다.

"마이. 한 가지만 약속해 줘."

"뭔데?"

"메르타 아줌마에게는 하느님을 안 믿는다는 말을 하지 마. 안 그러면 아줌마가 너를 나쁜 친구라고 생각할 거야."

마이가 웃었다.

"도대체 나를 어떻게 보는 거니? 넌 내가 모든 사람들에게 이것저것 다 떠벌이는 사람인 줄 아는 모양이지? 메르타 아줌마에게 이상한 말은 절대로 안 할게."

썰매장은 아이들로 넘쳐났다. 슈테피는 베라의 빨간 머리가 흔들거리는 걸 보았다. 베라는 썰매를 타고 막 언덕을 내려오던 참이었다. 슈테피는 베라에게 손을 흔들었지만 베라는 슈테피를 못 본 듯했다.

"이 집에는 내 동생이 살아."

슈테피는 알마 아줌마의 노란 집 앞을 지나가면서 말했다.

"왜 동생과 함께 안 살아? 내 말은, 네가 섬에서 살았을 때 말이야."

"우리 둘 다를 한꺼번에 받아 줄 사람이 없어서."

마이가 말했다.

"웃긴다. 이곳 사람들은 모두 자기 집이 있어. 그럼 방도 많을 텐데 말이야."

언덕 꼭대기에 이르자 슈테피는 늘 그렇듯이 잠깐 멈춰 섰다. 마이는 숨을 헐떡거렸다.

"정말 넓다! 바다 말이야."

두 사람 앞으로 바다가 펼쳐졌다. 바닷가 근처에는 푸른빛을 띤 얼음이, 바다 저 멀리에는 짙은 갈색의 바닷물이 보였다. 수면 위로는 구름 한 점 없이 맑은 하늘이 펼쳐졌다. 힘찬 고래 등처럼 눈 덮인 암초가 바다 위로 솟아 있었다.

마이가 말했다.

"이거 아니? 이런 아름다운 장관을 보면 사람들이 하느님의 존재를 왜 믿는지 이해할 것 같아."

26

마이가 메르타 아줌마에게 하느님에 관한 말은 하지 않겠다고 약속했지만 슈테피는 두 사람의 만남이 약간 불안했다. 메르타 아줌마가 마이를 어른에게 불손하고 무례한 아이라고 볼까 봐 걱정이었다. 또 마이가 메르타 아줌마를 엄격하고 뻣뻣하다고 볼까 봐 그것도 걱정이었다.

슈테피는 언덕의 마지막 구간을 내려가면서 이런 생각들을 했다. 마이와 메르타 아줌마는 여러 가지 면에서 많이 다르지만 닮은 점도 있었다. 둘 다 직선적이고 씩씩하고 믿을 만한 사람이란 점이다. 두 사람 모두 자신이 원하는 것을 분명히 알고 있으며 다른 사람들이 뭐라고 생각하든 전혀 신경 쓰지 않았다.

슈테피도 그런 사람이 되고 싶었다. 자신도 불확실하거나 의심하지 않을 수 있다면. 한 가지 일을 지나치게 골똘히 생각하거나 늘 다른 사람에게 맞추려고 애쓰지 않을 수 있다면. 불안해하지 않는다면.

슈테피는 마이를 위해 현관문을 잡아 주며 말했다.

"들어와."

마이는 기대했던 것 이상으로 잘해 나갔다. 마이는 예의 바르게 인사하며 초대해 주셔서 고맙다고 말했다. 그러고는 메르타 아줌마가 방금 깨끗하게 닦은 바닥에 발을 들여놓기 전에는 얌전하게 신발을 벗어 두었다. 마이는 게걸스럽게 보이지 않으면서도 맛있게 먹었고 메르타 아줌마의 질문에는 공손하게 대답했다.

또 메르타 아줌마도 마이가 어린 동생들, 학교, 선생님, 섬으로의 여행에 대해 말할 때 관심 있게 들었다. 마이가 설명하는 동안 아줌마는 몇 번이고 입을 오므렸다.

식사가 끝나자 마이는 설거지를 하겠다고 나섰다. 메르타 아줌마는 고맙지만 안 된다고 거절했다. 마이는 이 집의 손님이기 때문이다. 그래서 슈테피가 설거지를 하고 마이는 행주로 닦기로 합의했다.

두 사람이 설거지를 마쳤을 때는 이미 밖이 어두워졌다. 두 사람은 오늘 저녁에는 그냥 집에 있기로 했다. 창고에서 매트리스를 하나 꺼내와 슈테피 방에다 마이의 침대를 만들었다.

마이가 말했다.

"정말 귀여운 곰 인형이야. 어렸을 때부터 갖고 있던 인형이니?"

"응."

"나도 곰 인형이 있었어. 그 곰 인형을 브리텐에게 물려주었고, 브리텐은 다시 쿠레와 올레에게 물려주었지. 쿠레와 올레는 곰 인형으로 병원놀이를 하면서 눈, 다리, 팔을 잡아 떼더니 배까지 갈랐어. 그 안에서 톱밥이 나왔어."

슈테피는 팔다리가 잘려나간 곰 인형을 상상했다. 장난감일 뿐인데도 소름이 쫙 끼쳤다.

마이가 즐겁다는 듯 말했다.

"정말 끔찍하지?"

둘은 잠옷을 갈아입고 슈테피 침대 위에 웅크리고 앉았다. 마이는 슈테피의 낡은 곰 인형을 앞에 두고 타이르듯 말을 걸었다.

"그런 나쁜 악동들을 조심해. 갑자기 네 털을 다 뽑아 버릴지도 몰라."

슈테피도 웃었다.

"이 곰 인형도 이젠 털이 별로 없어. 내가 어렸을 때 하도 많이 만져서. 언제나 내 침대에서 같이 잤으니까."

마이가 말했다.

"최근에 스벤을 봤어."

"정말? 어디서?"

"카피텐 스트리트에서. 새벽에 만났어. 개를 데리고 있더라. 개를 데리고 산책시킬 만한 곳은 아닌데."

그 순간 슈테피는 자기도 카피텐 스트리트에서 스벤을 본 적이 있다고 말하고 싶었다. 그럼 스벤이 거기서 뭘 하는지 마이가 알아낼 수 있을지도 모른다. 하지만 마이가 계속 말을 이어나갔다.

"스벤에게 곧 너를 만나러 섬에 갈 거라고 말했더니 네게 안부를 전해달래. 또 크리스마스라서 주는 게 아닌 선물도 고맙다고 전해 달래. 그게 무슨 말이니?"

슈테피는 종이 자르는 칼에 대해 설명했다. 또 스벤이 크리스마스 선물을 안 받으려고 했다는 말도 해 주었다. 그런 뒤에 슈테피는 카피텐 스트리트에서 스벤을 봤다는 말은 안 하는 게 좋을 것 같았다. 다시 그 이야기를 꺼내면 슈테피가 그걸 무슨 대단한 일인 것처럼 여긴다고 마이에게 보일 것 같아서였다.

하지만 슈테피는 스벤에 대한 생각을 지울 수가 없었다. 불을 끄고 마이가 매트리스에 눕고 나자 슈테피가 속삭였다.

"마이?"

"응?"

"스벤을 어떻게 생각해?"

"괜찮은 것 같아."

"괜찮은 것 같다고?"

스벤 같은 사람을 단지 그렇게만 본다는 게 가능할까? 슈테피는 마이에게 화를 낼 뻔하다가 그냥 입을 다물었다. 잠시 후 마이가 말했다.

"왜 물어?"

"그냥."

"너 화났니?"

"아니."

"더 얘기하고 싶어? 아니면 그냥 잘까?"

"그냥 자자. 잘 자."

"너도 잘 자."

마이는 금방 잠이 들었다. 마이의 고른 숨소리가 들리자 슈테피는 마음이 아팠다. 슈테피는 스벤에 대한 자신의 감정을 다른 사람과 나누고 싶었다. 슈테피는 다하지 못한 이야기들로 가슴이 터질 것 같았다.

마이는 슈테피의 가장 친한 친구이니까 스벤에 대해 고백했어야 했다. 슈테피가 해리엇과 릴리안에게 거짓말만 하지 않았더라면!

마침내 슈테피도 잠이 들었다. 슈테피는 방이 천 개나 되는 집에서 스벤을 찾는 꿈을 꾸었다.

다음 날은 햇살이 가득 비쳤다. 두 사람은 슈테피의 빨간 썰매를 들고 학교 근처 썰매장으로 갔다. 그곳에 있던 넬리는 마이를 보자마자 당장 열광했다.

넬리가 소리를 질렀다.

"마이 언니! 마이 언니! 내가 얼마나 가파른 곳에서 내려올 수 있는지 한번 봐!"

베라는 보이지 않았다. 하지만 슈테피와 마이가 언덕 아래 썰매를 타고 내려갈 때 뒤에서 누군가 썰매를 타고 빠르게 두 사람을 뒤따라왔다. 슈테피는 썰매를 조종하느라 뒤돌아볼 엄두도 내지 못했다. 뒤에서 따라오던 썰매는 몇 센티미터 간격을 두고 바싹 다가왔다. 슈테피가 급히 피하려다가 그만 눈으로 만든 벽에 썰매가 부딪혔다. 슈테피와 마이가 눈 속에 처박혀 뒹굴고 있는데 베라가 계속 언덕을 내려가는 모습이 보였다. 빨간 머리를 휘날리면서.

마이가 물었다.

"누구야? 왜 저러는 거야?"

슈테피가 대답했다.

"베라야."

"네 친구?"

"응."

두 사람이 다시 자리에서 일어나 옷에 묻은 눈을 턴 뒤 마지막 구간을 채 올라가기도 전에 베라는 벌써 위에 도착했다. 두 사람이 위에 도착하자 베라는 다시 아래로 내려갔다.

마침내 슈테피는 언덕 아래에서 베라를 기다렸다. 어쨌든 언덕 아래로 내려와야 했다. 안 그러면 집으로 가는 길이 없었다. 마이는 넬리 뒤에 앉아 함께 썰매를 타고 언덕을 내려왔다.

베라가 탄 썰매가 슈테피 앞에서 멈추자 이렇게 물었다.

"너 왜 그랬어?"

"뭘?"

"우릴 밀어붙였잖아."

"일부러 그런 건 아니었어."

베라가 이렇게 말했지만 슈테피는 베라의 말이 거짓말이란 걸 알았다.

"잠깐 기다려. 마이 소개해 줄게."

베라가 말했다.

"시간 없어. 그만 집에 가야 해."

베라는 썰매를 들고 획 가버렸다.

슈테피는 화가 치밀었다. 베라가 마이와 어울리지 않겠다

면 슈테피도 마이와 친하게 지내 달라고 베라에게 엎드리거
나 사정하고 싶지는 않았다.

그러나 이틀 후, 슈테피는 마이를 배타는 곳까지 배웅하고
나서 베라를 방문했다.

베라가 물었다.

"그 애는 갔어? 도시에서 온 애니?"

"응."

베라가 말했다.

"잘 됐네."

그 대화를 끝으로 더는 마이에 대해 서로 아무 말도 하지
않았다.

27

부모님의 편지는 슈테피가 다시 예테보리로 떠나는 날, 그러니까 개학 이틀 전에야 도착했다. 에버트 아저씨가 부두에서 돌아오면서 편지를 가져 왔다.

에버트 아저씨가 말했다.

"운이 아주 좋았어. 우연히 우체국에 들렀거든. 안 그랬으면 네가 떠난 뒤에도 편지는 계속 우체국에 있었을 텐데."

슈테피는 좁다란 긴 봉투를 받았다. 예테보리의 세데르베리 의사 주소에 줄이 쫙 그어져 있고 그 옆에 누군가 '추송'이라는 말과 함께 섬 주소를 적어 놓았다.

하지만 슈테피의 눈길이 머문 곳은 주소가 아니라 우표였다. 미국 우표도 아니고, 스페인이나 쿠바 우표도 아니었다.

갈색 네모 속에 든 그림은 연설대 앞에 선 히틀러였다. 그 밑에는 모난 고딕체 글씨로 '독일제국'이라고 적혀 있었다. 아주 자세히 들여다 보고 나서야 우표에 찍힌 소인이 보였다.

빈, 1940년 12월 23일

부모님은 아직 거기 있었다. 아직 떠나지 않았다.

에버트 아저씨가 물었다.

"무슨 일이니? 무슨 문제라도 있니?"

슈테피가 말했다.

"빈에서 부친 편지에요."

에버트 아저씨는 걱정에 휩싸였다.

"편지를 읽어 보는 게 가장 좋겠구나. 어떤 내용이든 간에 아무 소식도 모르고 있는 것보다는 훨씬 나으니까."

에버트 아저씨는 슈테피에게 주머니칼을 건네 주었다. 슈테피는 떨리는 손으로 편지를 뜯어 얇은 편지지를 꺼내 펼쳐 들었다.

사랑하는 내 딸 슈테피,

안됐지만 나쁜 소식을 전하게 되었구나. 우리는 원래 그저께 떠나기로 되어 있었어. 보면 알겠지만 우린 아직 빈에 있단다. 엄마가 일요일에 갑자기 몸이 아파서 병원에 입원했어. 엄마는 폐렴에 걸렸어. 그래서 여행을 떠날 수가 없단다. 나와 또 다른 의사가 진단한 바로는 생명의 위험은 없지만, 엄마는 너무 오랫동안 힘든 노동과 영양 부족 때문에 몹시 약해져 있어서 한동안은 병원에 입원해야 할 것 같아.

그래서 지금으로서는 앞으로 어떻게 될지 알 수가 없구나. 입국 허가서를 다시 발급받아서 떠날 수 있을지 아니면 또 다른 일이 벌어질지 말이다. 집은 이곳에 더 있기로 결정하기 전에 벌써 내놨단다. 그래서 새로 머물 집을 찾고 있어. 집을 다시 얻게 되면 얼른 새 주소를 알려줄게.

에밀레 고모와 가족은 계획대로 떠났단다. 도착했다는 소식이 오기만을 기다리고 있어.

엄마가 네게 안부 전해 달래. 난 가능하면 자주 엄마를 보러 가고 일이 끝나고 밤에는 엄마와 함께 지내. 같은 병원에 있다는 게 불행 중 다행이야!

사실은 엄마가 아프기 전보다 지금이 훨씬 더 자주 보는 셈이란다.

사랑의 인사를 전하며

아빠가

슈테피는 편지에서 눈을 떼자 에버트 아저씨의 눈길과 마주쳤다.

아저씨가 물었다.

"상황이 많이 나쁘니?"

슈테피는 말없이 고개를 끄덕였다.

"떠날 수 없었대?"

슈테피는 다시 고개를 끄덕였다.

"나중에도 못 간대?"

"그럴지도 몰라요."

슈테피는 자기 목소리가 마치 다른 사람 입에서 나오는 것처럼 이상하게도 아득하게 들렸다.

메르타 아줌마가 부엌에서 나왔다.

"무슨 일이에요?"

에버트 아저씨가 대답했다.

"슈테피 부모님이 미국으로 못 떠나셨대."

아저씨와 아줌마 목소리도 저 멀리서 아득하게 들려왔다. 슈테피를 둘러싼 모든 것이 현실이 아닌 것 같았다. 쇠로 만든 거대한 집게가 슈테피 가슴을 꽉 짓누르는 기분이었다. 슈테피는 숨을 쉴 수가 없었다. 눈앞이 캄캄해졌다.

슈테피가 다시 정신을 차렸을 때는 식탁 의자에 누워 있었다. 메르타 아줌마가 식초를 적신 행주로 슈테피 이마를 닦아 주었다. 코끝을 쏘는 강렬한 냄새 때문에 슈테피는 재채기를 하고 말았다.

"내가 기절했었어요?"

에버트 아저씨가 말했다.

"부러진 돛대처럼 쓰러지더구나."

메르타 아줌마가 말했다.

"쉿! 이 아이는 안정이 필요해요."

슈테피는 잠시 식탁 의자에 누워 있고, 그 동안 메르타 아줌마는 요리를 하고 에버트 아저씨는 이층으로 가서 몸을 씻고 옷을 갈아입었다. 슈테피는 눈을 감은 채 익숙한 소리들에 귀를 기울였다. 접시와 그릇들이 부딪히는 소리, 계단을 올라가는 발자국 소리, 물 흐르는 소리. 슈테피는 몸은 이곳에 있지만 정신의 일부는 다른 곳에 가 있었다.

눈앞에 다른 방이 보였다. 침대가 많은 병실이었다. 그 중한 병실에 엄마가 누워 있다. 검은 머리가 흘러내린 엄마 얼굴은 베개만큼이나 새하얗다. 입술도 창백하지만 예전처럼 빨갛게 칠하지 않았고 눈 밑도 검게 그늘이 져 있다. 뺨은 푹 들어가고 툭 튀어나온 광대뼈 위로는 살갗이 팽팽하게 땅겼다. 침대 가에는 아빠가 하얀 의사 가운을 입고 앉아 있다. 아빠는 엄마 손을 잡은 채 나지막하게 이야기하고 있다.

슈테피는 영화를 보는 것처럼 모든 것을 또렷하게 보았다. 단지 소리만 없었다. 그러나 슈테피가 지금 보는 영화는 죽을 병에 걸린 여주인공이 눈부시게 아름다운 드레스를 입고 나오는 '다시 만날 때까지'처럼 아름답거나 낭만적이지 않았다. 끔찍하기만 했다.

소리는 나오지 않았지만 슈테피는 아빠가 엄마에게 무슨 말을 하는지 알았다.

"죽지 마! 죽으면 안 돼."

"뭐라고 하는 거니, 얘야?"

슈테피는 눈을 떴다. 메르타 아줌마가 슈테피의 어깨를 가볍게 흔들었다.

슈테피가 울었다.

"죽으면 안 돼! 죽으면 안 돼!"

메르타 아줌마는 슈테피의 머리를 조심스럽게 들어올려 자기 무릎 위에 올려놓았다. 아줌마는 슈테피의 이마를 쓰다듬으며 말했다.

"아무도 안 죽어. 걱정하지 마. 아무도 안 죽어."

28

승강기는 3층에 섰다. 슈테피는 승강기에서 내린 뒤 문을 닫았다. 열쇠를 꺼내 구멍에 넣고 돌렸다.

크리스마스 방학은 끝났다. 슈테피는 다시 예테보리에 돌아왔다.

문 뒤에는 푸테가 서서 꼬리를 흔들었다. 슈테피는 쪼그리고 앉아서 푸테를 쓰다듬어 주었다. 푸테는 배를 쓰다듬어 달라고 등을 대고 누워 다리를 치켜 올렸다.

복도 저 끝에서 스벤이 나오며 말했다.

"푸테가 널 보고 싶어했어."

너는? 슈테피가 생각했다. 너도 내가 보고 싶었니?

슈테피가 외투를 벗어 거는 동안 스벤이 물었다.

"어떻게 지냈어?"

슈테피가 대답했다.

"잘 지냈어."

슈테피는 지금으로서는 부모가 미국으로 떠나지 못했다는 이야기를 할 힘이 없었다.

스벤이 말했다.

"마이가 섬으로 널 만나러 간다는 이야기 들었어. 최근에 시내에서 우연히 마이를 만났거든."

스벤은 '시내에서'라고 말했다. 마치 다른 곳에서 만나기라도 한 것처럼! 스벤은 게임을 했고, 슈테피는 그 게임에 함께 하기로 마음먹었다.

"마이에게서 들었어."

"우리가 만났다고 마이가 이야기했어?"

슈테피가 잘못 들은 것일까? 아니면 아무렇지도 않은 듯한 목소리 뒤로 진짜 당황해 하는 기색이 있었을까? 마이가 스벤과의 만남에 대해 슈테피에게 말하지 않고 숨기는 게 있는 걸까?

슈테피가 말했다.

"응, 카피텐 스트리트에서 만났다면서? 푸테하고 있었다던데?"

스벤이 고개를 끄덕였다.

"푸테하고 긴 산책을 했어."

슈테피는 이 얘기를 다른 측면에서 생각해 보려고 애썼다.

슈테피가 말했다.

"전화했었어. 새해 인사나 하려고. 근데 넌 집에 없더라. 엘나가 그러던데 친구와 시골로 여행 갔었다면서?"

스벤이 서둘러 대답했다. 지나치게 재빨리 대답한 건 아닐까?

"맞아. 학교 친구하고 같이 갔어. 이름이 에리크야. 그 친구 집은 세레에 별장이 있거든. 집에 혼자 있으려니 좀 따분하더라. 네가 말한 대로 말이야."

스벤이 하는 말은 모두 사실처럼 들렸다. 그런데도 슈테피는 스벤이 뭔가 숨기는 것 같았다. 이유는 알 수 없었지만 확실했다. 슈테피에게 정곡을 찌를 만한 질문이 떠오른다면 모든 게 분명해질 텐데. 하지만 슈테피가 채 다음 질문을 꺼내기도 전에 스벤은 계속 말했다.

"칼을 선물해 줘서 고맙다고 말하는 걸 잊었네! 정말 멋진 선물이야. 네게 아무것도 선물하지 못해서 부끄러워. 내가 어리석었어."

"괜찮아."

슈테피는 별로 괜찮지 않았지만 이렇게 대답했다. 슈테피는 당연히 스벤의 선물을 받고 싶었다. 비싼 물건이나 특별한 건 아니더라도 스벤이 슈테피를 생각해서 고른 선물이라는 것만 알 수 있으면 된다.

스벤이 말했다.

"너무 늦었지만, 하지만…… 그래도 받아 줘!"

스벤은 작은 상자를 내밀었다. 종이로 포장한 상자였다. 보석 가게에서 주는 상자처럼 보였다. 보석일까? 반지일까?

슈테피가 포장지를 뜯어 상자 뚜껑을 열었다. 상자 속에는 은전처럼 보이는 뭔가가 들어 있었다. 2크로네짜리 동전 크기만 했다. 하지만 한 면에는 왕의 얼굴이, 또 다른 면에는 스웨덴 제국의 문장이 새겨진 평범한 동전은 아니었다. 왕의 얼굴 대신에 천사 모습이, 뒷면에는 두 개의 마주잡은 손이 새겨져 있었다.

두 개의 손이라니. 슈테피와 스벤의 손일까?

"부적이야."

스벤이 말했다.

"행운을 가져다 준대. 특이한 물건들로 가득 찬 독특한 작은 가게에서 발견했어."

"어디 있는 가게야?"

"발 스트리트."

"그 가게에 늙은 아저씨 있었어? 강한 악센트로 스웨덴어를 하던 사람 말이야?"

"네가 어떻게 알아?"

"나도 그 칼을 그 가게에서 샀어."

두 사람이 상대방에게 줄 선물을 고르기 위해 같은 상점에 갔다니! 이거야말로 은밀한 징표였다.

일요일인데다가 슈테피가 방금 돌아왔다고 해서 슈테피는 의사 가족의 초대로 식당에서 함께 식사를 했다. 슈테피는 불편한 마호가니 의자에 등을 똑바로 펴고 앉았다. 의자 방석 속에 든 깃털이 슈테피의 허벅지를 콕콕 찔러댔다.

사모님은 아주 다정한 목소리로 물었다.

"얀손 씨 부부는 잘 계시니?"

"네, 잘 계세요."

"고기잡이도 잘 되고?"

"네."

사모님이 말했다.

"겨울에는 바다에서 고기 잡는 일이 아주 외로울 거야. 정말 힘든 인생이야."

의사가 말했다.

"글쎄. 달리 생각해 보면 그 사람들은 현대적 생활이 주는 수많은 걱정거리들에서 놓여 살 수도 있잖아."

스벤이 말했다.

"마치 지구 반대편의 원주민 이야기라도 되는 듯 말씀하시는 군요."

의사는 화를 내며 말했다.

"바보 같은 소리. 넌 어떻게 매번 모든 걸 그렇게 잘못 알아듣니!"

늘 그렇듯이 이번에도 사모님이 싸움으로 번지지 않도록 얼른 말을 돌렸다. 사모님은 슈테피 쪽을 바라보았다.

"얀손 부인에게 아름다운 꽃다발을 전해 달라는 내 부탁 잊지 않았겠지?"

"네. 얀손 부인이 아주 기뻐하셨어요. 또 새해 복 많이 받으시라고 전해 달라고 하셨어요."

"네 부모님은? 여행은 잘 하셨대?"

스벤은 놀라고 약간 당황해 하는 것 같았다. 깜빡 잊고 슈테피에게 미처 물어 보지 못한 게 방금 생각난 모양이었다.

슈테피가 대답했다.

"못 가셨어요. 엄마가 편찮으시거든요."

슈테피는 아무도 더 묻지 않기를 바랐다. 적어도 크리스털 전등으로 장식된 커다란 식탁에 앉아 송아지구이와 오이를 먹고 있는 지금은 말이다.

하지만 사모님은 계속 물었다.

"엄마가 편찮으시다고? 심각한 건 아니겠지?"

"폐렴이에요."

슈테피의 대답은 자신이 듣기에도 퉁명스러울 정도였다. 하지만 목에 뜨거운 것이 올라와서 더 말을 할 수가 없었다.

사모님이 말했다.

"아, 치료를 잘 받으셔야 할 텐데. 하지만 네 아빠가 의사 잖아, 안 그래?"

"엄마는 병원에 입원하셨어요."

슈테피는 침을 꿀꺽 삼켰다.

"벌써 많이 나아지셨어요."

사모님이 말했다.

"잘됐구나. 시골에서 잘 요양하면 틀림없이 좋아지실 거야. 그렇게 하시겠지? 엄마가 다시 몸을 추스르고 나면 그때 떠날 수 있을 거야."

그때 뭔가가 슈테피의 마음을 뒤흔들어놓았다.

"사모님은 아무것도 이해하지 못하세요! 전혀! 현실이 어떤지 전혀 모르신다고요!"

사모님은 슈테피를 빤히 쳐다보았다. 뽀얗게 화장한 뺨이 빨갛게 달아올랐다. 입을 약간 벌렸지만 이상하게도 아무 말도 하지 않았다.

스벤이 말했다.

"계속해. 계속 얘기해 봐. 부모님도 이젠 아셔야 해."

의사가 소리쳤다.

"그만하면 이제 됐다. 난 내 집에서 불편한 마음이 드는 게 싫어. 슈테피는 우리 집이 마음에 안 들면 다른 집을 찾아보도록 해. 그리고 너, 스벤. 너의 그 정치적인 아둔함을 위해서 이 아이를 이용할 생각은 마라."

이제 사모님은 다시 평정을 되찾았다.

"좋아, 별것도 아닌데 이 일은 이제 그만 잊도록 하자. 모두 식사 다 했니? 그럼 엘나를 부를게."

엘나가 식탁을 치우러 왔을 때 스벤 부모님은 친척들 이야기를 하느라 정신이 없었다. 슈테피와 스벤은 아무 말 없이 앉아 있었다.

사모님이 별일 아니니 잊어버리자고 했지만 이 문제는 이걸로 끝나지 않았다. 밤늦게 슈테피의 방문을 두드리는 소리가 났다.

사모님이 말했다.

"네게 할 말이 있어. 잠깐 서재로 좀 올래?"

슈테피는 사모님을 따라 마루를 지나 서재로 들어갔다. 이제 무슨 일이 벌어질까? 슈테피를 쫓아낼까? 그럼 김나지움도 그만 다녀야 하는 걸까?

의사는 안락의자에 앉아 있었다. 사모님은 그 옆에 자리를 잡았다. 아무도 슈테피더러 앉으라고 권하지 않았기 때문에 그냥 서 있었다.

의사가 말을 꺼냈다.

"아내와 나는 독일 사람들에게 우호적이지는 않아. 너도 그건 알 거라고 믿는다. 그렇다고 해서 우린 독일의 만행을 소리소리 외쳐대면서 스웨덴도 전쟁에 가담해야 한다고 주장하는 무책임한 사람들도 아니야. 독일은 적대자들을 아주 강하게 다루고 있어. 아마 너무 강하게 다루고 있는지도 몰라. 하지만 그렇다고 비인간적이라고 볼 수는 없어."

사모님이 말을 받았다.

"네 가족이 전쟁을 혹독하게 겪고 있다는 거 우리도 알아. 그래서 우린 널 기꺼이 도와주고 공부할 수 있는 기회를 주고 싶었어. 하지만 오늘 저녁과 같은 일은 우리도 참아줄 수가 없어."

이제야 올 것이 왔다. 슈테피는 이 집에 머물 수가 없다.

의사가 말했다.

"그래도 우린 네게 다시 한 번 기회를 주고 싶단다. 하지만 다시 한 번 그런 일이 반복되면 미안하지만 우린 얀손 씨에게 연락해서 널 우리 집에 못 데리고 있겠다고 말할 수밖에 없어. 알아듣겠니?"

"네."

의사가 말을 계속해 나갔다.

"또 한 가지 더. 스벤은 정치에 대해 별 이상한 생각들이 많아. 스벤이 너하고도 그런 이야기를 하는 것 같더구나. 스벤 말을 귀담아 듣지 말거라."

사모님이 덧붙였다.

"아니, 내 생각에는 네가 스벤하고 많이 안 어울렸으면 좋겠어. 특히 밤에 스벤의 방에 둘만 있는 건 피하도록 해."

의사가 말했다.

"그게 전부야. 그만 가서 자. 다시는 이런 이야기가 나오지 않도록 해 주었으면 좋겠구나."

"안녕히 주무세요."

슈테피는 서재 문을 닫은 뒤에도 어두운 복도에 한참 서 있었다. 테이블 위로 높이 달린 거울에 슈테피의 모습이 비쳤다. 슈테피의 창백한 타원형 얼굴이 공중에 둥둥 떠 있는 것처럼 보였다.

29

"그 사람들이 널 쫓아내면 우리 집으로 와."

다음 날 슈테피가 어제 있었던 일들을 마이에게 설명하자 마이가 이렇게 말했다.

슈테피는 웃고 말았다.

"그럼 나는 어디서 자고? 식탁 밑에서?"

마이가 말했다.

"아니. 우리 새 집으로 이사 가. 어때?"

"더 큰 집으로?"

"산다르나에 있는 방 세 개에 부엌이 딸린 집이야. 새로 지은 집이지. 실내 화장실도 있어!"

"진짜야?"

마이가 말했다.

"아빠가 작년에 주택 신청자 명단에 등록했거든. 자녀가 많을수록 집을 얻을 가능성이 더 크지."

"언제 이사해?"

"삼월에."

슈테피가 말했다.

"정말 잘됐다!"

"그래. 근데 난 카피텐 스트리트가 좀 그리울 것 같아. 평생 이곳에서 살았거든."

"멀리 이사 가는 것도 아닌데, 뭐. 오고 싶으면 언제라도 올 수 있잖아."

마이가 말했다.

"네 부모님 일은 정말 안됐어. 못 떠나셔서 말이야. 하지만 두고 봐. 다 잘 될 거야. 난 굳게 믿어."

두 사람은 교정 벤치 위에 앉아서 점심 시간이 끝나는 종소리가 울리기를 기다렸다. 흐릿한 1월의 태양은 몸을 따뜻하게 덥혀 줄 온기가 별로 없었다. 사실은 그냥 앉아 있기에는 아주 추운 날씨였다. 하지만 두 사람은 가방을 밖에 갖고 나와서 차갑지 않도록 벤치에 깔고 앉았다.

슈테피 가슴에 걸고 있는 부적이 느껴졌다. 슈테피는 부적을 은줄에 걸어서 옷자락 속에 숨겼다. 그럼 다른 사람에게 보이지 않으면서도 언제나 걸고 다닐 수 있다.

하지만 이제 슈테피는 부적을 마이에게 보여 주고 싶어 안달이 났다.

슈테피가 말을 꺼냈다.

"내가 스벤에게서 크리스마스 선물을 못 받았다고 했던 말, 기억나니?"

마이가 고개를 끄덕였다.

슈테피가 말했다.

"크리스마스가 지나고 선물을 받았어. 한번 볼래?"

"응. 그래."

슈테피는 외투의 위 단추를 열어 부적 목걸이를 조심스럽게 풀어서 마이가 잘 볼 수 있도록 손으로 잡았다.

바로 그 순간 두 사람 위로 그림자 두 개가 드리워졌다. 슈테피가 고개를 들어 보니 해리엇과 릴리안이 보였다. 슈테피는 부적을 다시 집어넣으려고 했지만 때는 이미 늦었다. 마이는 벌써 부적을 가져갔다.

해리엇이 물었다.

"이게 뭐니?"

"부적이야."

슈테피는 이렇게 말하면서도 더 질문이 나오기 전에 얼른 종이 울리기만을 바랐다.

릴리안이 은밀하게 물었다.

"그 사람이 준 거니?"

마이는 놀란 눈으로 릴리안을 바라보았다.

마이가 말했다.

"친구가 준 거야. 넌 모르는 사람이야."

릴리안이 말했다.

"그래, 친구긴 친구지."

릴리안이 킬킬대고 웃자 해리엇도 맞장구를 쳤다.

"슈테파니의 아주 특별한 친구 말이야."

해리엇이 말했다.

"예쁜데."

슈테피가 말했다.

"마이, 그만 돌려 줘."

슈테피는 자기 목소리가 퉁명스럽게 들린다는 걸 알았다.
또 자기 때문에 마이가 상처를 입었을 거라는 것도 알았다.
하지만 슈테피는 해리엇과 릴리안의 눈길과 빈정거리는 웃
음을 견딜 수가 없었다.

릴리안이 말했다.

"안 돼. 우리도 잠깐 보자. 나도 좀 보고 싶어."

릴리안이 부적을 향해 손을 뻗었지만 슈테피가 더 날쌨다.
슈테피는 부적을 낚아채서 외투 주머니 속에 도로 집어넣었

다. 그때 종이 울렸다.

"아까 그 애들이 한 말이 무슨 뜻이야?"

마이는 교실로 돌아가면서 작은 소리로 물었다.

슈테피는 시간을 벌려고 애썼다.

"그 애들이라니, 누구?"

"물론 릴리안 말이지. '아주 특별한 친구'라고 했잖아. 누굴 말한 거야?"

"아, 아무것도 아냐."

마이의 질문은 허공으로 맴돌았다. 이제 두 사람은 교실에 들어섰고, 슈테피는 살았다. 어쨌든 지금 당장은. 그날 마지막 쉬는 시간에 슈테피는 마이와 단둘이 있는 걸 피했다. 그러나 몇 번이나 마이가 이상한 눈으로 슈테피를 쳐다보는 것 같았다. 살피는 듯하면서도 걱정스런 표정이었다.

집으로 가는 길에 마이는 더는 참지 못하고 물었다.

마이가 물었다.

"슈테파니. 스벤하고 무슨 일 있었어? 내가 모르는 일 말이야."

뭐라고 대답해야 하지?

마이가 물었다.

"너, 나 믿니?"

"나 스벤을 사랑해."

이제 그 말을 입밖에 뱉어 버렸고 다시는 주워 담을 수가 없다.

마이는 아무 말도 하지 않았다. 마이는 슈테피 팔에 자기 팔을 끼더니 아무 말 없이 슈테피 옆을 걸었다.

"내가 충고 하나 해도 되니?"

"무슨 충고?"

"그런 식으로 스벤을 생각하지 않도록 해. 스벤을 그냥 친구로 보도록 노력해."

"그럴 수가 없어."

마이는 한숨을 지었다.

"스벤이 날 사랑할 수도 있지 않을까? 지금은 아니더라도 나중에라도?"

마이가 말했다.

"나도 모르겠어. 나도 몰라. 내가 너라면 그런 거 기대 안 할 거야."

"너 한 번도 사랑해 본 적 없지?"

마이는 단호하게 대답했다.

"없어. 난 사랑에 빠지고 싶지 않아. 일단 학교를 마치고 뭔가 결정할 수 있기 전까지는 말이야. 그때 결혼해서 아이를 낳을 거야."

"누가 결혼한대?"

"그건 아니지만. 하지만 내가 자란 곳에서는 내 또래 여자 아이들도 결혼하는 경우가 있었어. 임신을 해서."

슈테피의 뺨이 화끈 달아올랐다.

"넌 스벤하고 내가……."

마이가 안심시키며 말했다.

"아니, 아니. 물론 그런 생각은 안 해. 내 말은 그저…… 스벤은 너보다 나이가 너무 많잖아."

"다섯 살이면 그렇게 큰 차이도 아니잖아?"

"너한테는 안 클지도 모르지."

"그건 또 무슨 말이야?"

마이가 말했다.

"아무것도 아냐."

두 사람은 전차 정거장에 이르렀다. 마이는 슈테피를 쳐다보았다. 이유는 모르겠지만 슈테피는 마이가 다 말하지 않고 뭔가 숨기고 있다는 느낌을 받았다. 스벤에 대해서 말이다.

"마이?"

그때 푸른색 전차가 모퉁이를 덜커덩거리며 돌아 들어왔다. 마이는 전차에 올라타더니 문 밖으로 슈테피에게 손을 흔들어 보였다. 마이에게 더 할말이 남았다고 하더라도 전차 안에서는 할 수 없었을 것이다.

30

방학이 끝나자마자 크란츠 선생님은 독일어 시험을 보겠다고 했다. 이번에는 하나도 실수하지 않겠다고 슈테피는 굳게 결심했다. 슈테피는 자기 실력이 충분히 수를 받을 만하다는 것을 크란츠 선생님에게 보여 주고 싶었다. 밤마다 슈테피는 책상에 앉아 독일어 문법을 공부했다. 스벤은 그런 슈테피를 보며 공부 벌레라고 놀렸다.

스벤은 별로 공부를 열심히 하지 않았다. 기껏해야 학교 공부와 아무 상관이 없는 책만 읽었다. 대학 입학 자격 시험까지는 이제 몇 달 남지도 않았는데 말이다.

스벤이 말했다.

"합격할 수 있어. 적당한 성적으로 합격할 거야. 작가는 좋은 성적을 받을 필요가 없으니까."

스벤은 슈테피의 방문 앞에 서 있었다. 푸테가 스벤의 다리 주변에서 알랑거렸다.

"그럼 넌 같이 산책 안 갈 거야?"

"공부해야 해. 내일 시험을 보거든."

"그럼 넌 공부나 해. 따분하게."

스벤은 이렇게 말하며 슈테피가 미안하다는 말을 하기도 전에 방문을 닫았다.

대강당에서는 몇 반이 함께 모여 시험을 보았다. 대강당에서 학생들은 적당한 거리를 두고 자리에 앉았다. 무대 맨 앞쪽에는 크란츠 선생님이 앉아서 학생들을 감시했다. 그 옆에는 처음 보는 젊은 여선생님이 손에 종이 뭉치를 들고 서 있었다. 시험지였다.

책상에는 책이나 참고서 같은 것을 올려둘 수가 없다. 시험지, 연필, 지우개를 제외하고 아무것도 올려놓으면 안 된다. 질문이 있거나, 연필을 깎아야 하거나, 화장실에 가고 싶으면 손을 들어 감독관이 올 때까지 기다려야 했다. 화장실을 갈 때는 검은색 표지를 입힌 공책에 기록을 해야 했다. 화장실에 너무 오래 머물면 선생님이 가서 문을 두드린다. 그러면 화장실은 파란색 램프가 켜지면서 거의 아무것도 보이지 않는다.

슈테피는 중간 통로를 사이에 두고 뒤쪽에 앉았다. 옆자리에는 다른 반 학생이 앉아 있었다. 마이는 슈테피 뒤쪽 줄에 앉았고, 알리스는 중간 통로의 건너편에 슈테피 앞으로 대각선으로 앉아 있었다.

불안한 웅성거림이 차츰 가라앉았다. 모두들 조용히 앉아서 선생님이 시험지를 나눠 주기를 기다렸다.

크란츠 선생님은 중간 통로의 오른쪽을 맡았고, 여선생님은 왼쪽을 맡았다. 시험지를 나눠 주는 데 몇 분밖에 걸리지 않았지만 슈테피는 시간이 많이 흐른 것 같았다.

시험지의 파란색 글자에서는 복사기 잉크 냄새가 강하게 났다. 슈테피는 문제를 풀기 전에 본문과 문제들을 재빨리 훑어보았다.

커다란 벽시계에서 째깍째깍 소리가 났다. 3시간 동안 시험을 치러야 한다. 11시까지.

알리스가 오른팔을 들었다. 크란츠 선생님이 무대에서 내려와 알리스가 앉은 곳으로 다가갔다. 알리스가 뭐라고 속삭이자 크란츠 선생님이 고개를 끄덕였다. 알리스는 자리에서 일어나더니 슈테피 옆을 지나 화장실로 갔다. 크란츠 선생님은 다시 무대로 돌아가 검은색 공책에 기록했다. 슈테피는 크란츠 선생님이 뭐라고 쓸지 알았다. '알리스 마틴, 9시 2분.' 줄을 하나 더 그은 뒤 알리스가 돌아오면 정확한 시간을 다시 기록할 것이다.

슈테피는 다시 화장실 문소리가 들리자 시계를 쳐다보지 않을 수가 없었다. 9시 6분이었다. 알리스는 4분 동안 화장실에 있었다. 이제 알리스는 중간 통로를 지나 다시 자기 자리로 갔다. 알리스는 원피스 위에 스웨터로 짠 웃옷을 입고 있었다. 알리스가 슈테피 옆을 지나가는 순간 소매에서 뭔가가 빠져나와 바닥으로 떨어졌다. 알리스는 멈춰 서더니 그걸 잡으려고 막 몸을 숙이려고 했다. 하지만 바로 그때 크란츠 선생님이 홀을 내려다보았다. 그러자 알리스는 다시 등을 편 뒤, 크란츠 선생님이 이상한 눈치를 채기 전에 얼른 제자리로 돌아갔다.

슈테피는 알리스가 뭘 떨어뜨렸는지 보려고 중간 통로 쪽으로 조심스럽게 몸을 숙였다. 여러 번 꼬깃꼬깃 접은 종이쪽지였다.

슈테피는 아무 생각 없이 팔을 뻗어 쪽지를 집어 들었다. 바로 그 순간 알리스가 뒤로 몸을 돌렸다. 두 사람의 눈이 마주쳤다.

책상 밑에서 슈테피는 쪽지를 펴 보았다.

시험지였다. 하지만 복사 종이에 파란색 잉크로 인쇄한 시험지가 아니라 타자기로 쳐서 여러 가지 해설까지 적힌 종이였다!

갑자기 슈테피 머릿속에는 교무실에서의 그날 오후가 떠올랐다. 수학 시험 전날 알리스가 비에르크 선생님의 책상에서 뭔가를 뒤지던 그날 말이다.

쪽지를 쥔 슈테피의 손이 달달 떨려왔다. 슈테피는 쪽지를 얼른 다시 접었다. 쪽지를 던져 버리고 싶었지만 그럼 크란츠 선생님 눈에 띄고 말 것이다. 그 대신 슈테피는 손을 천천히 무릎 쪽으로 내린 뒤 쪽지를 의자 밑으로 슬쩍 바닥에 떨어뜨렸다. 그러고는 크란츠 선생님이 검은색 공책에 화장실 방문 기록을 적느라 정신을 팔 때까지 기다렸다. 그때 슈테피는 발끝으로 쪽지를 살짝 건드려 찼다. 쪽지는 통로 한 가운데, 슈테피 자리 앞쪽으로 비스듬하게 떨어졌다.

이제 슈테피는 시간을 많이 놓쳤기 때문에 서둘러야 했다. 슈테피는 문제를 풀고, 지우개로 지우고 다시 썼다.

"이게 뭐지?"

크란츠 선생님의 날카로운 목소리가 대강당의 고요함을 깨트렸다. 모두들 선생님의 말에 귀를 기울였다. 선생님은 통로 한가운데, 슈테피와 가까운 곳에 쪽지를 손에 들고 서 있었다.

선생님이 말했다.

"이런 뻔뻔한 짓을! 누가 내 시험지를 훔쳤어. 너희 중에 누군가 속임수를 썼어."

슈테피는 숨을 멈췄다. 알리스가 쪽지를 떨어뜨리는 것을 자기 말고 또 누가 본 사람이 있는지 궁금했다. 어쨌든 슈테피는 아무 말도 안 할 작정이었다. 속임수는 나쁘다. 하지만 고자질은 더 나쁘다.

크란츠 선생님이 말했다.

"자, 이 쪽지 누구 거지? 아니 누가 내 책상에서 시험지를 훔쳤는지 묻는 게 더 낫겠군."

아무도 대답하지 않았다.

크란츠 선생님이 말했다.

"그럼 좋아. 그럼 모두 연필을 놓고 손을 책상 위로 올려. 내 질문에 대답하기 전에는 아무도 문제를 풀 수 없어. 빨리 끝날수록 너희들도 빨리 시험을 볼 수가 있어. 아무도 자백하지 않으면 지금 그 상태로 시험지를 내서 채점을 할 테다. 알아들었니?"

그때 상상할 수도 없는 일이 벌어졌다. 알리스가 손을 들었다.

"그래, 알리스?"

"그건 슈테파니의 쪽지예요."

알리스는 크고도 분명한 목소리로 말했다.

"제가 화장실에서 돌아오다가 슈테피가 쪽지를 떨어뜨리는 것을 봤어요."

246

"슈테파니? 사실이니?"

슈테피는 목소리도 나오지 않았다. 아무 말 없이 그냥 고개만 흔들었다.

크란츠 선생님이 명령했다.

"대답해! 사실이냐고?"

슈테피가 작은 소리로 대답했다.

"아닙니다."

"그럼 이 쪽지는 누구 거지?"

"저도 몰라요."

슈테피는 머리가 어지러웠다.

크란츠 선생님이 말했다.

"바른대로 말하는 게 좋을 걸. 아니면 동료 학생들이 모두 시험을 망치는 걸 보고 싶니?"

"아뇨."

"그럼 좋아. 시인하는 거야?"

슈테피는 대답하지 않았다. 슈테피는 자신이 하지 않은 짓을 시인할 수가 없었다. 하지만 슈테피는 진실을 말할 수도 없었다. 비록 알리스가 슈테피에게 죄를 뒤집어씌우고 자기는 빠져나오려고 했지만 말이다. 슈테피는 침묵했다.

"그럼 슈테피는 가방을 싸서 복도로 나가. 시험 감독을 대신 맡아 줄 사람을 찾으면 내가 곧 가마. 다른 학생들은 계속 시험 보도록 해."

　슈테피는 조용히 시험지를 들고 문 쪽으로 갔다. 마이는 슈테피와 눈을 마주치려고 애썼지만 슈테피는 바닥만 뚫어 져라 쳐다보며 문 쪽으로 걸어갔다.

31

악몽과도 같았다. 미로에 갇혀 출구를 찾지 못하는 악몽. 지금 사실대로 말한다고 해도 크란츠 선생님은 슈테피 말을 안 믿을 것이다. 슈테피의 말은 알리스의 주장과는 정반대인데, 크란츠 선생님이 둘 중 누구 말을 믿어 줄지 뻔하기 때문이다.

슈테피는 정신이 멍했다. 크란츠 선생님이 뭐라고 말하는 소리가 들렸지만 한 마디도 머리에 들어오지 않았다.

"……아주 못된 행동이야……. 수업에 들어오지 못하게…… 도덕심도 없고…… 네가 온 그 나라에서는……."

왜 그랬을까? 슈테피는 생각했다. 알리스는 왜 내가 그랬다고 말했을까? 내가 고자질할까 봐 겁이 났을까? 아니면 그렇게 한 데에 다른 이유가 있을까?

"너, 장학금 받지?"

크란츠 선생님의 목소리는 아주 위협적이었고, 슈테피는 무슨 말인지 알아들으려고 애썼다.

"네."

"품행에서 나쁜 성적을 받으면 어떤 결과가 나오는지 잘 알고 있지?"

"네."

크란츠 선생님이 말했다.

"그럼 좋아. 나 혼자 그 문제를 결정할 수는 없어. 교무회의 때 네 담임 선생님과 의논하겠어. 그때까지는 평소처럼 수업을 들어. 네 시험지는 물론 채점할 수 없다."

슈테피가 교정에 나오자 건물 벽시계는 10시 15분을 가리키고 있었다. 시험이 끝나려면 아직 45분이나 남았다. 정답을 깨끗하게 다시 옮겨 적을 시간으로 충분하다.

이제 슈테피는 그 문제에 대해서는 그만 생각하기로 하고 학교를 빠져나왔다. 연꽃 연못 방향으로 갔다. 연못으로 난 자갈길은 모래가 뿌려져 있어서 질척거렸지만, 길 가장자리는 깨끗하고 하얀 눈으로 덮여 있었다.

연못은 얼었다. 얼어붙은 수면도 예전처럼 매끄럽고 어두운 색이었다. 단지 움직임만 없을 뿐이었다. 수면은 단단하고 차갑고 고요했다. 물이 얼지 않아 속이 보이는 곳이 한 군데 있었다. 여름이면 연꽃이 피는 호수 건너편이었다. 그곳은 조류가 발생해서 물이 얼지 않는 것 같았다.

슈테피가 늘 앉는 벤치는 다른 사람이 먼저 차지하고 있었다. 벤치에는 젊은 연인이 앉아 서로 포옹하고 있었다. 여자는 금발머리 위로 갈색 베레모를 썼다. 남자는 모자를 쓰지 않은 채 슈테피 쪽으로 등을 돌리고 있었다. 두 사람은 오래도록 키스했다.

슈테피는 다른 곳을 바라보며 두 사람이 이제 그만 가 주기를 바랐다. 슈테피는 잔뜩 쌓인 눈을 발끝으로 폭폭 찌르며 기다렸다.

다음 순간 벤치로 눈을 돌려보니 연인은 벤치에서 일어섰다. 두 사람은 손을 잡은 채 이쪽으로 걸어왔다.

이제 남자의 얼굴이 분명히 보였다.

스벤이었다.

슈테피는 스벤의 얼굴을 지워 버리려고 눈을 감았다. 하지만 다시 눈을 떴을 때도 스벤은 여전히 거기 있었다.

"슈테파니!"

슈테피는 도망가고 싶었지만 발이 땅에 얼어붙은 듯 꼼짝도 하지 않았다.

스벤은 그 여자를 슈테피 쪽으로 힘껏 잡아당겼다. 이제 보니 슈테피도 그 여자를 알 것 같았다. 술집에서 본 그 여자였다. 여종업원.

스벤이 인사했다.

"안녕, 슈테파니! 쉬는 시간이야?"

슈테피는 고개를 끄덕였다. 슈테피의 마음은 연못처럼 꽁꽁 얼어붙었다.

스벤이 여자에게 말했다.

"여긴 내가 말한 그 슈테파니야."

"안녕."

여자는 슈테피에게 손을 내밀었다.

"이르야라고 해."

마비된 것 같은 기분이 점차 풀렸다. 슈테피의 심장은 쿵쾅거렸고 머릿속은 혼란스러웠다. 슈테피는 소리지르고, 몸부림치고, 울부짖고 싶었다.

슈테피는 달아났다. 이르야와 스벤. 머릿속이 쿵쾅거렸다. 이르야와 스벤.

스벤이 부르는 소리가 들렸다.

"슈테파니! 기다려!"

슈테피는 학교 쪽으로 뛰어갔지만 학교에는 들어가고 싶지 않았다. 학교에 무슨 볼일이 있단 말인가? 슈테피는 시험장에서 쫓겨났고, 이제 장학금도 못 받을 거고, 김나지움도 그만두어야 한다.

하지만 그것도 상관없었다. 지금 상관있는 것은 이르야와 스벤뿐이었다.

"슈테파니!"

이번에는 스벤의 목소리가 아니었다. 마이가 슈테피 쪽으로 달려왔다.

"슈테파니! 너 어디 가니?"

마이는 슈테피의 외투 소매를 잡아 세웠다.

"네가 안 그랬다고 왜 말 안 했어? 네 쪽지가 아니라는 거 알아. 넌 속임수를 쓰는 애가 아니야."

슈테피가 소리를 질렀다.

"그냥 내버려 둬. 날 내버려 두라고!"

슈테피가 어찌나 힘껏 팔을 잡아 뺐던지 마이는 그만 미끄러운 바닥 위로 넘어지고 말았다.

슈테피는 길옆으로 수북이 쌓인 눈 위로 넘어진 마이를 혼자 내버려 두고 가려다가 뭔가 떠올랐다.

슈테피는 몸을 돌려 말했다.

"넌 알고 있었지. 두 사람이 있는 거 보았지?"

"누구 말이야? 무슨 말을 하는 거니?"

마이는 힘들게 몸을 일으키더니 안경을 고쳐 썼다.

슈테피가 말했다.

"이르야와 스벤 말이야. 술집에서 일하는 그 여자. 너도 알고 있었지?"

김이 서린 안경 뒤로 보이는 마이의 눈이 슬퍼 보였다.

마이가 말했다.

"응. 크리스마스 방학 때 만났어. 너한테 말하려고 했지만 그럴 수가 없었어."

"네가 진짜 내 친구라면 말했어야지."

슈테피는 마이, 스벤, 학교, 또 모든 사람에게서 떠나고 싶었다. 갑자기 슈테피는 섬에 있는 집으로 가고 싶어졌다.

마이가 슈테피의 등 뒤에다 대고 소리쳤다.

"그게 아냐, 이 바보야! 내가 네 친구여서, 그래서 말할 수가 없었어."

32

슈테피가 열쇠로 문을 따자 푸테가 문 뒤에서 흥분하며 짖어댔다. 이 시간에 누군가 집에 찾아오는 일이 푸테에게는 낯설었다. 이 시간이면 의사는 병원에 가 있고, 사모님은 쇼핑을 하거나 미용실에 있고, 슈테피와 스벤은 학교에 있다. 엘나는 시장을 보러 나가지 않았으면 집에 있을 것이다. 하지만 엘나는 부엌문으로 집에 들어온다.

문을 열자 슈테피가 작은 소리로 말했다.

"쉿, 푸테."

엘나가 슈테피 소리를 듣고 나와서 무슨 일인지 묻는 걸 원치 않았다.

슈테피는 외투를 입은 채로 손에는 신발을 들었다. 다른 손에는 푸테의 목줄을 잡고 방으로 데려왔다. 안 그러면 푸테는 슈테피 방문 앞에 서서 계속 낑낑대다가 결국 엘나에게 들키고 말 것이다.

푸테는 슈테피에게 놀아 달라고 했지만 슈테피는 시간이 없었다. 슈테피가 집에 있는 걸 누군가 알아채기 전에 얼른 짐을 싸야 했다. 1시경에 배가 출발한다. 이제 그 배를 탈 수 있을 것이다.

"앉아, 푸테."

푸테는 슈테피의 말에 순순히 바닥에 앉았다.

슈테피는 가방을 꺼내 짐을 싸기 시작했다. 장롱 서랍과 옷장에 있는 물건을 모두 꺼내 가방에 쑤셔 넣었다. 빈에서 가져 온 액자는 유리가 깨지지 않도록 옷 사이에 넣었다. 슈테피는 아침에 새로 간 시트를 벗겨 내고 이불을 개켜서 그 위에 침대보를 덮었다.

장롱 서랍에서 보석 상자를 꺼내던 중 목에 걸고 있던 부적 목걸이가 떠올랐다. 슈테피는 목걸이를 풀어 은전 메달을 빼냈다. 부적은 장롱 위에 올려놓았다. 갖고 싶은 사람이 아무나 가지라지. 슈테피는 스벤에 대한 기억을 간직하고 싶지 않았다. 스벤은 이 은전을 이르야에게든 누구에게든 줘 버리라지. 어차피 슈테피에게는 행운을 가져다 주지 못한 부적이었다.

아냐, 슈테피는 다음 순간 생각을 바꿨다. 아무에게도 이 은전을 주고 싶지 않았다. 섬으로 가는 도중에 배에서 던져 버려야겠다고 생각했다. 슈테피는 은전을 외투 주머니 속에 넣었다.

공원 저 건너편에 있는 교회탑 시계가 열두 번을 쳤을 때 슈테피는 모든 준비를 끝냈다. 가방을 닫아 잠갔다. 이제 푸테와 작별할 시간이다.

슈테피는 푸테 옆에 쪼그리고 앉아 윤기 나는 털을 조심스럽게 쓰다듬었다. 푸테는 주둥이를 슈테피 무릎 위에 올려놓고 갈색 눈으로 슈테피를 바라보았다.

슈테피가 나지막한 목소리로 말했다.

"잘 있어, 푸테. 다시 못 만날지도 몰라."

푸테가 슈테피의 손을 핥았다. 슈테피 말을 다 알아듣는 것 같았다.

슈테피가 말했다.

"스벤 잘 부탁해. 하지만 그…… 이르야하고는 친하게 지내지 마."

그 이름은 돌처럼 무겁게 입에서 튀어나왔다.

슈테피는 몸을 굽혀 작은 푸테의 몸을 안아 주었다. 눈을 감고 푸테의 털에 얼굴을 파묻었다. 그런 뒤에 다시 몸을 일으킨 슈테피는 가방과 신발을 들고 마루로 난 문을 열었다.

현관문 앞에서 신발을 신으려고 가방을 내려놓았다. 신발 끈을 묶으려고 몸을 굽힌 사이 구멍에 열쇠를 꽂는 소리가 들렸다. 사모님이 온 모양이었다.

메르타 아줌마가 편찮으시다고 말해야지, 슈테피는 얼른 생각했다. 며칠 동안 집에 가서 아줌마를 도와드려야 한다고 말해야지. 그러고 나면 메르타 아줌마가 전화를 걸어 내가 이젠 돌아오지 않을 거라고 말하는 거야.

그러나 문에는 스벤이 서 있었다.

"슈테파니, 어디 가려는 거야? 무슨 일이 있었어?"

슈테피가 말했다.

"집에 가. 집에 갈 거야."

"집에?"

슈테피가 말했다.

"좀 비켜 줘. 시간 없어."

하지만 스벤은 문가에서 한 발짝도 움직이지 않았다. 슈테피는 스벤 때문에 나갈 수가 없었다.

스벤이 말했다.

"잠깐 기다려. 그렇게 도망칠 수는 없어."

"왜 없어?"

"적어도 이유는 말해 줘야지. 왜 이르야와 내 앞에서 도망쳤는지 그 이유도 말이야."

"서로 모든 걸 숨김없이 말하자고 네가 그랬잖아. 또 내가 누구보다 널 잘 이해한다고도 말했었지. 그래 놓고는 날 속이다니. 넌 그 여자를 몰래 만났어. 마요르나에서 서성거렸지. 네가 술집에 가는 걸 내가 못 본 줄 아니?"

스벤은 창피해하는 것 같았다. 마치 푸테가 야단을 맞을 때처럼.

"진작 말했어야 했는데…… 내가 비겁했어. 이르야도 내가 비겁하다고 말했어."

"그 여자가 뭐라고 했든 난 상관없어! 네가 미워! 어떻게…… 그런 여자와 어울릴 수가 있지? 술집 여종업원하고?"

마지막 말이 입 밖에 튀어나온 순간 슈테피도 마음이 안 좋았다. 스벤의 얼굴 표정을 굳이 보지 않아도 슈테피 마음도 께름칙했다. 스벤의 얼굴은 처음에는 놀라움에서, 상처 입은 표정에서 나중에는 분노로 바뀌었다. 스벤은 뭔가 말하려고 입을 벌렸지만 아무 말도 하지 못했다.

슈테피가 큰 소리로 말했다.

"넌 아무것도 몰랐어? 내가 널 사랑하는 걸 몰랐냐고?"

계단에서 들릴지 모른다는 것도, 부엌에서 엘나가 들을지 모른다는 것도 아랑곳하지 않았다.

한순간 두 사람 사이에 정적이 흐르면서 서로 바라보기만 했다. 스벤의 눈은 슈테피의 말뜻을 이해하려고 애쓰며 놀라움으로 가득했다.

"사랑한다고……?"

이성적인 판단과는 상관없이 갑자기 슈테피는 거친 희망에 사로잡혔다. 바로 그 순간 스벤은 실은 자신이 사랑하는 사람은 슈테피이며, 이르야는 아무것도 아니라는 사실을 깨달았을지도 모른다.

하지만 그건 착각이란 사실은 스벤의 표정을 보기만 해도 알 수 있었다. 스벤은 팔을 축 늘어뜨리고 입은 반쯤 벌린 채로 아무 말도 못하고 서 있었다. 늘 올바른 말만 하던 그 스벤이.

스벤이 말했다.

"이거…… 미치겠군. 넌…… 그러니까…… 넌 아직 어린 아이잖아! 마치…… 그래, 내 여동생이라고 할 수 있지."

"내가 나이에 비해 성숙하다고 했었잖아."

슈테피의 목소리는 거의 울먹이는 듯했다.

스벤이 말했다.

"네가 무슨 생각을 했는지는 모르겠어. 하지만 모든 게 다 네 환상이란 걸 알아야 해. 난 이런 식으로 널 생각해 본 적이 없어. 그리고 네가 그렇게 생각하도록 내가 원인을 제공했다고도 생각하지 않아. 설마 내게 원인이 있었다고 우기지는 못하겠지."

스벤의 회색 눈길은 확고하고 차가웠다. 낯선 사람의 눈길처럼.

슈테피는 더는 눈물을 참을 수가 없었다. 눈물이 눈을 적시더니 천천히 뺨 위로 흘러내렸다. 스벤은 슈테피를 보더니 목소리를 바꿨다.

"슈테파니. 난 이르야를 사랑해. 우린 서로 사랑한다고."

그 말을 하는 스벤의 얼굴은 다시 환해졌다. 눈을 빛냈다. 그러면서 이마에 내려온 머리카락을 쓸어 올렸다. 그건 슈테피가 가장 좋아하는 동작이기도 했다. 그 모습을 보며 스벤의 말을 듣고 있자니 슈테피는 마음이 아팠다. 몹시도.

슈테피가 말했다.

"난 섬으로 갈래. 여긴 있을 수가 없어. 네 부모님께는 메르타 아줌마가 편찮으시다고 말해 줘. 아니면 네 마음대로 아무렇게나 말해도 좋아. 어쨌든 난 다시 돌아오지 않을 거야."

"학교는?"

슈테피는 독일어 시험과 쪽지 사건에 대해 설명할 힘이 남아 있지 않았다. 그 일은 아주 먼 옛날 일처럼 다가왔다. 마치 다른 세계에서 일어난 일처럼.

"슈테파니, 난 네가 안 갔으면 좋겠어. 네가 가면 너무 슬프잖아."

스벤의 목소리는 마지막 말에서 약간 떨렸다. 금방이라도 울음을 터뜨릴 것 같았다. 그 말에 슈테피는 용기가 생겼다.

슈테피가 말했다.

"비켜 줘. 가야 해. 안 그러면 배 놓칠 거야."

스벤은 머뭇거렸다.

"내 일을 네 마음대로 결정하려고 들지 마."

슈테피가 말했다.

"내 오빠는 아니잖아. 좀 비켜 줘."

스벤은 할 수 없이 옆으로 한 발자국 비켜서며 슈테피를 위해 문을 열어 주었다. 가려고 몸을 돌리는 순간 슈테피는 다시는 스벤을 못 볼 거라는 생각이 들었다.

슈테피가 말했다.

"키스해 줘."

"뭐라고?"

"키스해 달라고. 한 번만."

스벤은 잠시 머뭇거리다 슈테피에게 몸을 굽혀 뺨에 입술을 살짝 갖다 댔다.

"그렇게 말고. 입에다가."

"안 돼."

"해 줘."

슈테피는 도대체 어디서 그런 용기가 생겼는지 알 수가 없었다. 슈테피는 처음으로 이상하게도 의지가 강해지고 단호해지는 기분을 느꼈다. 마치 자기 의지로 스벤에게 최면이라도 걸 수 있을 것만 같았다. 스벤이 슈테피 입술에 자기 입술을 갖다 대자 슈테피는 입을 약간 벌려 스벤의 숨결을 들이마셨다.

슈테피가 생각했다.

'이제 우리는 언제나 함께 하는 거야. 다신 못 만난다고 하더라도.'

몇 초 동안 키스를 했다. 하지만 그 순간 승강기가 3층에서 멈춰 섰다. 철제 격자문 사이로 사모님이 입을 떡 벌린 채두 사람을 바라보았다. 사모님은 숨을 쉴 수 없어 헐떡이는 물고기처럼 보였다.

슈테피는 가방을 홱 집어 들고는 있는 힘을 다해 계단을 뛰어내려왔다.

33

바다는 얼어붙고 두꺼운 얼음층으로 덮여 있었다. 섬에서 육지까지 걸어서 갈 수 있었던 작년 겨울처럼. 증기선은 쇄빙선이 얼음을 부셔서 만들어 놓은 좁은 수로를 따라 갔다. 수로는 이 섬에서 저 섬으로 꼬불꼬불 이어졌다.

날씨가 추웠지만 슈테피는 갑판에 서 있었다. 이제 슈테피는 섬들을 하나씩 다 외울 정도였다. 다음에는 어떤 풍경이 나올지 미리 알아맞힐 수 있었다. 만, 암초섬, 집, 부두를 지나 배는 미끄러져 갔다.

슈테피는 섬에 도착했다.

무거운 가방을 부두에서 끌고 내려왔다. 입 속에서는 하얀 연기처럼 입김이 뿜어져 나왔다. 하지만 입술은 아직도 따뜻했다.

초등학교는 쉬는 시간이었다. 슈테피를 한눈에 알아본 넬리가 학교 담장으로 뛰어왔다.

"언니, 오늘 왜 온 거야? 토요일도 아닌데?"

슈테피가 말했다.

"일이 좀 생겼어. 나중에 설명해 줄게."

학교 운동장에 있던 다른 여자 아이들이 넬리를 불렀다.

"넬리! 어서 와, 빨리!"

슈테피가 말했다.

"가 봐. 나중에 얘기하자."

집으로 가는 길은 멀었고 가방은 납덩이처럼 무거웠다. 슈테피는 계속 가방을 땅에 내려놓고 손을 바꿔 들어야 했다. 드디어 언덕 꼭대기에 이르렀다. 앞에는 얼음바다가 펼쳐져 있었다. 얼음바다는 서쪽 하늘 저 멀리 떠 있는 태양을 받으며 반짝거렸다. 태양이 어찌나 부신지 눈이 멀 지경이었다.

슈테피는 생각했다.

'세상 끝 마을이야.'

처음 이곳에 왔을 때처럼. 하지만 이제 이 말은 슈테피에게 놀라움이 아니라 편안함을 주는 말이 되어 버렸다.

미끄러지지 않도록 조심하면서 슈테피는 언덕을 내려갔다. 대문을 지나 돌계단을 올라가 현관문을 열었다.

부엌에서 메르타 아줌마가 나오며 소리쳤다.

"누구세요?"

"저예요."

메르타 아줌마는 마루로 나오더니 파란색 체크무늬 앞치
마에 젖은 손을 닦았다.

"왜 왔어? 어디 아프니?"

"아뇨."

메르타 아줌마가 말했다.

"외투부터 벗어라. 들어와서 무슨 일인지 설명해 봐. 행주
만 얼른 씻어 놓고 올게."

아줌마는 부엌으로 사라졌다.

슈테피는 벙어리장갑을 벗어 외투 주머니 속에 넣었다. 그
때 주머니에서 뭔가 딱딱한 게 느껴졌다. 부적이었다. 갖다
버린다는 걸 잊어버렸다. 다른 쪽 주머니에는 의사 집 현관
열쇠가 안전핀에 끼워진 채 달려 있었다. 이 열쇠를 현관 테
이블 위에 두고 왔어야 했다. 다시는 돌아오지 않는다는 표
시로.

부엌에서는 상큼한 비누 냄새가 났다. 바닥에는 아직도 물
로 닦은 자국이 남아 있었다.

두 사람이 식탁에 자리를 잡자 메르타 아줌마가 말했다.

"자, 무슨 일이니?"

슈테피는 시험과 쪽지 사건, 크란츠 선생님과 알리스에 대한 이야기를 모두 들려 주었다. 메르타 아줌마에게 설명할 수 있는 이야기는 모두. 스벤에 관한 이야기만 빼고.

"왜 그냥 사실대로 말하지 않았니?"

슈테피가 말했다.

"모르겠어요. 그럴 수가 없었어요. 크란츠 선생님이 제 말을 믿지 않을 거예요."

"많은 사람들이 진실을 보면서도 진실인지 깨닫지 못하지. 하지만 마이도 그 장면을 봤다면서?"

"그건 나중에야 알았어요. 하지만 마이하고 내가 그렇게 말해봤자 이제 크란츠 선생님은 우리 둘이 짜고 하는 말이라고 생각할 거예요."

"근데 그 애는 왜…… 그 애는 이름이 뭐라고?"

"알리스요."

"선생님은 네 말보다 알리스 말을 더 믿는 모양이지?"

"크란츠 선생님은 날 좋아하지 않아요."

메르타 아줌마는 생각에 잠겼다.

"네가 어떻게 하면 좋겠는지 난 뭐라고 할 수가 없어. 너도 네 양심이 있으니 네가 결정할 문제야. 하지만 한 가지는 알아 둬. 무슨 일이 있더라도 네 집은 언제나 나와 에버트가 있는 이곳이야."

"여기 있고 싶어요."

"마음대로 하렴."

"메르타 아줌마가 의사 사모님께 전화해서 제가 돌아가지 않는다고 말씀해 주실래요?"

"그건 해 줄 수 있어. 하지만 며칠 기다려 보는 게 좋을 것 같아. 네 생각이 바뀔지도 모르잖아."

"생각이 바뀌진 않아요."

메르타 아줌마가 말했다.

"그렇겠지. 그래도 일요일까지는 기다려 보자. 너만 괜찮다면 말이야. 여기 온다고 말은 했니? 네가 어디 있는지 그 사람들이 알아?"

"네."

"그럼 일요일까지 기다려 보자."

다락방 공기는 차고 환기가 안 되어 퀴퀴한 냄새가 났다. 크리스마스 방학 이후로는 섬에 오지 않은데다가 슈테피가 올 줄 모르고 준비를 안 해 두었기 때문이다. 슈테피는 창문을 활짝 열어 두고 이 집에서 가장 따뜻한 부엌에다 이불을 널어 환기시켰다.

메르타 아줌마가 말했다.

"이 끔찍한 추위가 내 무릎을 파고드는구나."

저녁에 알마 아줌마에게서 전화가 왔다. 슈테피가 왔다는 걸 넬리에게서 전해 들었다면서 무슨 일인지 물었다. 슈테피는 그 문제는 미처 생각하지 못했다. 슈테피가 반 년 넘게 김나지움을 다니다가 왜 갑자기 그만두었는지 마을 전체가 다 궁금하게 여길 것이다. 많은 사람들이 슈테피가 속임수를 쓰다가 퇴학당했다고 생각할 것이다. 안됐다고 생각하는 사람들도 있겠지만 잘됐다고 생각하는 사람들도 있을 것이다. 또 몇몇은 슈테피는 잘못이 없지만 자신을 위해 싸우지 못한 겁쟁이라고 생각할 것이다.

하지만 아무도 진실을 모른다.

다시는, 절대로 두 번 다시는 스벤을 보고 싶지 않아서라는 것을.

34

슈테피가 베라에게 모든 것을 설명하자 베라가 이렇게 물었다.

"그러니까 도시로 안 돌아가겠다는 말이니?"

모든 것이란 학교에서 있었던 일을 말한다. 베라에게조차 슈테피는 진짜 이유가 이르야 때문이란 걸 설명할 수가 없었다. 이르야와 스벤 때문이라고.

"응."

두 사람은 해변에 서 있었다. 여름이면 수영을 하던 곳이었다. 여름에 일광욕을 하던 바위는 눈으로 덮여 있었고 커다란 다이빙 절벽은 얼음에서 툭 삐져나왔다. 바다에서는 혹독한 찬바람이 불어왔다.

베라가 말했다.

"자, 그만 가자. 몸이 얼겠어."

수영하는 곳까지 난 길은 아주 좁아서 두 사람은 한 줄로 서서 가야했다. 두 사람이 나란히 서서 걷자 베라가 말했다.

"근데 그 아이…… 마이인가? 이름이 맞니?"

"그 애가 왜?"

"그 애는 이제 안 오니?"

슈테피가 말했다.

"모르겠어. 안 올 것 같아."

슈테피는 이렇게 말하면서 슬퍼졌다.

베라가 말했다.

"네가 보고 싶었어. 네가 다시 돌아와서 기뻐."

베라가 슈테피의 어깨에 팔을 얹자, 슈테피는 베라의 허리에 팔을 둘렀다.

베라가 말했다.

"내년에는 예테보리에서 일자리를 찾을 거야. 너도 함께 구하자. 얼마나 재미있을지 생각해 봐! 외출하고 춤추러 가고……. 아, 넌 아줌마 때문에 춤추러 못 가지."

베라는 유쾌하고 행복하게 장래에 대해 떠들었다. 하지만 베라가 꿈꾸는 미래와 슈테피가 꿈꾸는 미래는 달랐다. 슈테피는 후회로 가슴이 쓰려왔다. 무슨 짓을 한 걸까? 슈테피는 미래를 포기했다. 무엇 때문에? 하지만 달리 생각해 보면 슈테피에게 과연 다른 선택의 여지가 있었을까?

오후까지 밖에서 신선한 바람을 쐰 슈테피는 완전히 파랗게 얼어서 집에 돌아왔다. 슈테피는 발을 굴려 신발에 묻은 눈을 털어내고 뻣뻣해진 손가락으로 외투 단추를 끌렀다.

메르타 아줌마가 현관방으로 왔다.

메르타 아줌마가 말했다.

"손님이 오셨어. 지금 거실에 계셔."

손님이라고? 누구지? 슈테피가 채 묻기도 전에 메르타 아줌마는 벌써 다시 사라졌다.

슈테피는 외투를 걸고 부엌을 지나 거실로 들어갔다.

테이블에는 마이와 헤드비그 비에르크 선생님이 앉아 있었다.

헤드비그 비에르크 선생님이 인사했다.

"안녕, 슈테파니. 앉아."

슈테피 뒤에 서 있던 메르타 아줌마가 말했다.

"비에르크 선생님이 네게 하실 말씀이 있대."

슈테피는 테이블 옆에 놓인 의자에 앉았다.

메르타 아줌마가 물었다.

"커피 좀 더 드시겠어요, 비에르크 선생님?"

"네, 좋아요. 감사합니다."

메르타 아줌마가 커피를 따르는 동안 마이가 속삭였다.

"슈테파니, 모든 게 다 좋아질 거야. 모든 게. 그러니까 걱정하지 마."

슈테피는 걱정이 아니라 오히려 당황스러웠다. 이게 도대체 무슨 일이지?

비에르크 선생님은 슈테피의 생각을 읽은 것처럼 말했다.

"물론 우리가 왜 여기 왔는지 궁금하겠지. 아니 정확히 말한다면 우리가 온 게 어제 시험 시간에 일어난 사건 때문이란 건 알겠지."

"네."

비에르크 선생님이 말했다.

"모든 게 다 밝혀졌어. 네게 대한 의심이 모두 풀렸어. 알리스가 자기 쪽지라고 실토했어."

"하지만 어떻게……."

비에르크 선생님이 말했다.

"크란츠 선생님이 무슨 일이 있었는지 내게 다 설명했단다. 아니, 무슨 일이 있었다고 생각하는지 자기 의견을 말했다고 하는 편이 맞겠구나. 근데 난 조금도 믿을 수가 없었어. 그래서 마이하고 얘기했더니 마이가 그건 네 쪽지가 아닌 게 확실하다고 말했어. 네가 왜 그 사실을 크란츠 선생님에게 바로 말씀드리지 않았는지 그게 이해가 안 돼."

"크란즈 선생님은 내 말을 안 믿으셨을 거예요."

비에르크 선생님은 생각에 잠긴 채 말했다.

"그럴지도 모르지. 우리 모두 각자 눈먼 구석이 있으니까. 알리스에게 무슨 일이 있는지 사전에 전혀 몰랐던 내가 정말 한심스러워. 참 안 된 일이야."

"왜요?"

"그 아이는 자신에 대한 기대가 너무 컸어. 그냥 공부를 잘하는 정도가 아니라 늘 최고여야 했지. 실수도 용납이 안됐어. 강박관념이 어찌나 강했던지 알리스는 예사로 속이거나 거짓말을 했어. 그래야 완벽한 가면으로 위장할 수 있으니까. 집안 환경이 아주 불행했던 모양이야."

마이는 흥분해서 가만히 있질 못했다.

"알리스가요? 예테보리의 가장 부잣동네에서 살면서 모든 걸 다 가진 그 애가 말이에요?"

슈테피가 말했다.

"그래도 불행한 아이야. 넌 그거 못 느꼈니?"

마이는 어깨를 으쓱했다. 비에르크 선생님은 슈테피를 주의 깊게 바라보았다.

"그렇다면 너는 느꼈단 말이니?"

"네."

비에르크 선생님이 말했다.

"그럼 너는 사람의 겉모습 뒤에 숨겨진 내면을 볼 수 있는 능력이 있구나. 그런 능력은 잘 가꿔라."

"이제 알리스는 어떻게 되죠?"

"나도 몰라. 오늘 오전에 알리스와 이야기를 했는데 이번 주는 그냥 집에서 보내기로 했어. 내일 저녁에 알리스 부모님을 만날 거야. 부모님이 알리스를 학교에 그냥 보내기로 결정한다면 알리스의 품행 성적을 깎을 수밖에 없어. 크란츠 선생님은 알리스에게 독일어에서 나쁜 점수를 주실 거야. 하지만 내 생각에는 부모님이 알리스를 전학시킬 것 같아. 사립학교나 기숙학교 같은 데로 말이야."

비에르크 선생님은 마지막 남은 커피를 마셨다.

비에르크 선생님이 말했다.

"이제 이층으로 올라가서 네 짐들을 싸자. 그럼 여섯 시에 예테보리로 가는 배를 탈 수 있어."

선생님과 마이는 서로 쳐다보았다. 마이는 들뜬 데다 약간 초조해했고, 비에르크 선생님은 차분하지만 확고했다.

슈테피가 말했다.

"전 안 가요. 전 여기 있을래요."

"왜……"

그때 마이가 비에르크 선생님의 말을 가로막았다.

마이가 말했다.

"슈테파니. 좀 바보같이 굴지 마. 그 사람 때문에 모든 걸 망치지 마. 학교를 생각하고 의사가 되겠다는 것만 생각해. 네 부모님을 생각하라고."

슈테피는 마이 말이 옳다는 걸 알았다. 하지만 의사 가족이 사는 집으로 돌아간다는 건 생각만 해도 견딜 수가 없었다. 카린이 지내던 방에서, 스벤과 벽 하나를 사이에 둔 채 어떻게 지낸단 말인가. 스벤이 거기, 그렇게 가까이 있지만 슈테피로서는 닿을 수 없는 먼 거리에 있는데. 스벤이 침대에 누워 잠들기 전에 이르야를 떠올릴 거라는 걸 알면서. 슈테피는 그 사실을 도저히 견딜 수 없었다. 슈테피는 고개를 흔들었다.

비에르크 선생님이 말했다.

"그 사람이 누군지는 난 몰라. 내겐 상관도 없는 일이고. 근데 이 한 가지는 알아줬으면 좋겠어, 슈테파니. 그 사람에 대한 네 감정이 지금 얼마나 큰지 몰라도 그 감정은 사라지기 마련이야. 일 년 후, 아니면 이 년이나 오 년 후에는 다른 사람에게도 그처럼 강렬한 감정을 느낄 거야. 그리고 너도 언제든 널 그만큼 사랑해 주는 사람을 만날 거야. 넌 안 믿겠지만 그게 사실이야. 네가 잠시 동안 그 사람을 안 만난다면……."

슈테피가 말했다.

"그럴 수가 없어요. 내 말은 예테보리에 가면 안 만날 수가 없다고요. 같은 집에서 살고 있거든요."

마이가 말했다.

"다른 곳으로 옮기고 싶다면 우리 집에서 지내도 좋아."

선생님이 물었다.

"네가 다른 곳에서 살면 잊기가 좀 쉬울 것 같니?"

"네, 그럴 것 같아요."

"그럼 우리 집에서 지내. 몇 주라도 말이야."

마이가 흥분해서 말했다.

"그러고 나면 우리 집으로 들어 와. 제발 그렇게 하겠다고 말해 줘!"

슈테피는 두 사람을 차례대로 바라보았다. 두 사람이야말로 슈테피의 친구다. 슈테피를 진심으로 도와주고 싶어한다.

슈테피가 말했다.

"네. 가방 싸러 갈게요."

차린 음식이 별로 없다고 몇 번이나 미안해하면서 메르타 아줌마는 두 사람에게 식사 대접을 했다. 비에르크 선생님은 이렇게 맛있는 생선은 오랜만에 먹어 본다고 말했다.

배를 타기 위해 집을 나서려고 할 때 메르타 아줌마가 슈테피를 옆으로 잡아끌었다.

아줌마가 말했다.

"매번 네가 점점 더 보고 싶어지는구나. 하지만 이번에는 네가 떠나는 게 정말 기쁘단다."

마이와 슈테피는 가방을 함께 들고 부두로 갔다. 부두에 거의 도착할 무렵 누군가가 뛰어왔다. 바람에 빨간 머리를 휘날리면서.

베라가 멀리서부터 소리쳤다.

"가는 거야?"

"응."

베라는 세 사람 앞에 서더니 마이에게 손을 내밀었다.

"베라라고 해."

"마이야."

"나도 알아."

베라는 선착장까지 배웅했다.

베라가 작은 소리로 슈테피에게 말했다.

"나도 네가 진짜 여기 머물 거라고는 믿지 않았어. 넌 여기 속한 사람이 아냐. 나처럼 말이야. 난 아마 절대 여길 못 떠날지도 몰라."

슈테피가 말했다.

"너도 물론 떠날 수 있어. 네가 정말 원한다면 너도 해낼 수 있어. 내년에 네가 예테보리로 오면 함께 춤추러 가자. 메르타 아줌마가 뭐라고 하시든 말이야."

베라가 웃고는 말했다.

"그럼 나중에 보자."

배가 출발하자 베라는 배를 향해 손을 흔들었다.

35

"그럼 월요일에 보자."

3월 초의 어느 토요일, 마이와 슈테피는 교정을 나서며 말했다.

"이제 집에 가서 짐을 쌀 거야. 너도 그래야지?"

월요일은 중요한 날이었다. 월요일에 마이 가족은 마요르나의 단칸방을 떠나 산다르나에 있는 새 집으로 이사를 한다. 슈테피도 함께 이사를 한다. 슈테피는 마이와 브리텐과 함께 방을 사용하기로 했다. 리놀륨 바닥과 푸른색 줄무늬 벽지를 바른 환한 방이었다. 새 집을 이미 구경해서 잘 알고 있었다.

슈테피는 고개를 끄덕였다.

"별로 쌀 것도 없어. 대부분의 짐은 아직 가방 안에 있거든. 너도 알겠지만 비에르크 선생님 집에서는 부엌 바닥에서 잠을 잤잖아. 내 물건을 모두 꺼내놓을 수가 없었어."

마이가 말했다.

"저기 좀 봐. 저 사람 스벤 아니니?"

슈테피의 심장이 마구 뛰었다. 맞았다. 스벤이었다. 스벤은 추위에도 불구하고 모자를 쓰지 않은 채 학교 담장 앞에서 있었다. 이마에 흘러내린 머리가 눈 위까지 덮여 있었다.

5주 만에 처음으로 스벤을 만난 것이다.

슈테피가 보인 첫 반응은 어디론가 숨고 싶다는 것이었다. 마이와 함께 다른 문으로 빠져나가 사라지고 싶었다. 하지만 스벤이 이미 슈테피를 보았다. 이제 스벤은 슈테피 쪽만 쳐다보고 있었다.

슈테피는 마이에게 말했다.

"그럼 월요일에 보자."

슈테피는 천천히 스벤 쪽으로 다가가 담장 안쪽에서 멈춰섰다. 두 사람 사이에 담장이라도 있는 게 어쩐지 안전한 느낌이 들었다.

스벤이 물었다.

"슈테파니. 어떻게 지내니?"

"여기서 뭐하는 거야?"

슈테피의 목소리는 자기가 들어도 불친절했다. 하지만 이 담장처럼 불친절한 목소리도 슈테피의 마음이 상처받지 않도록 지켜주는 보호막과도 같았다.

"네게 편지가 왔어. 부모님에게서. 자, 받아."

스벤은 기다란 봉투를 내밀었다. 슈테피는 얼른 봉투를 쳐다보았다. 아빠 글씨였다. 독일 우표가 붙어 있었다.

"고마워."

슈테피는 편지를 가방 안에 넣고 담장에서 걸음을 뗐다.

스벤이 다시 이름을 불렀다. 그 목소리는 애걸하는 듯 들렸다.

"슈테파니. 얘기 좀 하면 안 되겠니?"

"무슨 얘기?"

스벤이 말했다.

"내게 너무 화내지 마. 같이 가자. 잠깐이면 돼."

"어딜?"

"연꽃 연못으로 갈래?"

두 사람은 연못으로 난 길을 나란히 걸었다. 쌓인 눈 위로 두 사람의 그림자가 푸른빛을 띠며 길게 늘어났다.

스벤이 말했다.

"보고 싶었어."

"넌 그 여자가 있잖아."

슈테피는 차마 이르야의 이름을 말하고 싶지 않았다.

스벤이 말했다.

"바보처럼 굴지 마. 넌 너야. 널 대신할 수 있는 사람은 없어. 난 우리가 친구가 되었으면 좋겠어. 그렇게 안 될까?"

"모르겠어."

"그렇게 해 보기다?"

"몰라."

스벤이 말했다.

"널 이해해. 일부러 그런 건 아니지만 어쨌든 내가 너에게 상처를 주었어. 네가 날 어떻게 생각하는지 전혀 몰랐다고 말하면 믿어 줄래? 난 널 여동생처럼 생각했어. 그냥 친구처럼…… . 네게 이르야에 대해 말했어야 했는데, 아빠가 알게 되실까 봐 겁이 났었어. 그래서 아무 말도 안 한 거야. 날 용서해 줄 거지?"

스벤은 슈테피 바로 앞에 멈춰 서더니 슈테피에게 애써 자기 눈을 보게 했다.

"슈테파니?"

슈테피가 말했다.

"알았어. 그래, 용서할게. 내 잘못도 있었어. 나도 내 맘대로 믿었으니까. 네가 실제로 한 말을 믿은 게 아니라."

"그럼 우리 이제 친구하기다?"

"응."

스벤은 웃으며 말했다.

"좋았어. 푸테도 널 보고 싶어해."

슈테피는 더 알고 싶은 게 있었다.

"부모님께는 이르야에 대해 말씀드렸어?"

스벤은 창피해하는 것 같았다.

"아직 못 했어. 난 영웅이 되고 싶어하면서도 아직 그런 영웅은 못 되는 인물이야. 너처럼 용기도 없고."

"나도 용기는 없어."

스벤이 말했다.

"넌 내가 아는 사람 중에 가장 용기 있는 사람이야. 너와 이르야 말이야. 이르야도 나보다 두 살 밖에 안 많은데 훨씬 아는 게 많아. 현실적인 문제들에 대해 말이야. 우리가 학교에서 배우는 것 말고. 이르야는 열세 살 때부터 일했어. 노르웨이에서 오는 피난민들을 도와주고 있어. 피난민들이 오면 마중 나가고 필요하면 경찰 눈을 피할 수 있도록 도와줘. 정말 대단해. 너도 이르야를 알게 되면 좋아할 거야."

두 사람이 헤어지려고 할 때 스벤은 슈테피에게 새 주소를 물었다.

스벤이 말했다.

"내가 연락할게. 넌 내가 어디 사는지 알잖아. 다시 콘서트

에도 가고 카페도 가자. 아니면 그냥 푸테하고 산책을 하던
가. 그렇게 할래?"

"응."

"우리 집과 같은 방향이니?"

"아니, 요한네베리에 있는 비에르크 선생님 집에서 지내고
있어."

"그럼 잘 가."

슈테피는 그 자리에 서서 스벤의 뒷모습을 지켜보았다. 외
투 깃 위로 올라온 스벤의 목이 가늘게 보였다.

스벤, 슈테피가 생각했다. 스벤, 스벤.

하지만 스벤을 생각해도 이젠 마음이 아프지 않았다.

슈테피는 돌로 된 담장 너머 알리스가 사는 대저택 앞을
지나 곧 비에르크 선생님 집에 가서 짐을 싸야 했다. 하지만
우선 아빠 편지부터 읽고 싶었다. 슈테피는 연못 벤치에 앉
아서 봉투를 뜯었다.

사랑하는 슈테피!

이사를 한다고 쓴 네 편지 잘 받아보았어. 우린 너와
네 양부모님이 내린 결정이 너를 위해 최선일거라고 믿
는다. 여기서는 네 인생에 무슨 일이 일어나는지 이해하
기가 힘들구나. 우리는 그저 우리를 대신해서 그곳 사람

들이 현명하고 신중하게 처신해 주기를 바랄 뿐이야. 그리고 너 자신의 판단이 너를 옳은 길로 이끌어 주기를 바라.

엄마는 아직도 아프셔. 하지만 점점 괜찮아지고 계셔. 제대로 된 음식만 있다면 엄마는 곧 다시 완전히 건강해지실 텐데. 지금까지는 엄마가 일하지 않아도 되도록 조치를 취했어. 엄마가 아픈 동안에는 유대인 공동체에서 지원을 좀 받고 있어. 지금까지는 이민에 대해서 생각해 볼 형편이 아니었어. 하지만 이제 곧 다시 알아봐야지.

독일이 빈을 유대인 없는 구역으로 만들려고 한다는 소문이 있어. 자유 국가로 이민가지 못하는 사람은 동쪽으로 추방될 거라는구나. 폴란드로 말이야. 하지만 그건 소문일 뿐이야. 그리고 어쩌면 이곳에 있는 것보다는 그곳이 더 나을지도 모르겠어.

사랑하는 슈테피.

어린아이에게는 이런 편지를 쓰면 안 되는데. 넌 아직도 어린아이잖아. 벌써 열세 살이긴 하지만. 네 또래 여자 아이라면 숙제니, 친구니, 놀이 외에는 다른 생각은 하면 안 되는데. 하지만 3년도 안 되는 이 기간 동안 우리 인생은 완전히 변했구나. 우리 중 아무도 이런 일을 예상하지 못했지. 그리고 너희들은 아직 어린데도 어쩔 수 없이 나이에 비해 무척 성숙해 버리고 말았구나.

그래도 난 너와 넬리가 아직도 빈에 있는 네 또래 아이들(다행히 많지는 않아!)보다 그곳에서 훨씬 잘 지내는 걸 안단다. 너희가 보내는 편지들이 그 증거야. 네 편지에는 흔히 정상적인 생활이라고 말하는 것들이 늘 조금씩은 보이니까. 엄마와 나는 언제나 너희들을 다시 만날 희망을 가져. 그때까지 시간이 오래 걸리더라도 넬리를 잘 보살피고 너 자신이 누구이며 어느 나라 사람인지 절대 잊지 않도록 당부한다.

마음 속 깊이 사랑을 전하며
네 아빠가

슈테피는 고개를 들어 연꽃 연못을 바라보았다. 노란색으로 얼어붙은 연꽃잎이 얼음 위로 더러운 얼룩처럼 보였다. 하지만 슈테피는 그 억센 줄기가 얼음층을 뚫고 내려와 바닥에 튼튼하게 뿌리박고 있다는 걸 알았다. 잎은 죽었지만 식물은 아직 살아 있다.

슈테피는 편지를 접어 외투 주머니 속에 넣었다. 주머니 속에 뭔가 딱딱한 것이 느껴졌다. 스벤이 준 부적이었다. 행운을 가져다 준다는 부적. 5주 동안 부적은 외투 주머니 속에 있었다. 그 동안 슈테피는 부적을 버릴 용기가 없었다.

슈테피는 부적을 꺼내 은줄에 매달아 다시 목에 걸었다.

지금이야말로 슈테피는 행운이 절실하게 필요했다.

옮긴이의 말

유대인 박해를 피해 오스트리아 빈에 부모님을 남기고 동생과 함께 스웨덴의 한 섬으로 온 슈테피. 이제 슈테피는 섬을 떠나 스웨덴의 한 작은 도시에 있는 김나지움을 다닙니다. 처음에는 빈을 떠나오고, 이제는 섬을 떠나 새로운 도시에 둥지를 틀게 된 슈테피는 평생 어딘가 정착하지 못하고 떠돌이 생활을 하게 될까 봐 두렵습니다. 그래서 슈테피는 늘 '집'을 갈망합니다.

슈테피에게 있어 '집'이란 물론 빈의 부모님이 계신 곳입니다. 아는 사람들과 함께 지내면서 자기 모국어로 말할 수 있는 곳, 자기가 한 말이 잘못 전달될까 봐 걱정하지 않아도 되는 곳. 이렇게 집은 완전히 자기 자신이 될 수 있는 곳입니다. 하지만 이제 새로운 의미에서 메르타 아줌마의 집 역시 슈테피의 '집'이 되어 갑니다. 처음에는 세상 끝 마을에 내동댕이쳐진 기분이었지만 지금은 그 세상 끝 마을이 편안하고 안락한 집이 되었습니다.

우리의 평범한 일상도 마찬가지입니다. 아주 평범해서 아

무엇도 아닌 것처럼 보이는 일상조차 전쟁처럼 힘든 상황에
서는 아주 소중한 가치를 발휘합니다. 그제야 가족과 함께
지내는 것, 친구와 웃고 떠들 수 있는 것, 크리스마스와 새해
같은 행사를 축하하는 것, 공부를 못한다고, 얼굴이 못 생겼
다고 투덜거리는 게 얼마나 큰 사치인지 알게 되지요. 아직
은 어리기만 한 슈테피에게는 이런 평범한 행복이 마냥 부럽
기만 한 사치입니다.

어느덧 사춘기에 접어든 슈테피는 함께 사는 의사 가족의
아들 스벤을 사랑하게 됩니다. 언젠가는 스벤이 자기를 사랑
해 줄 날이 올 거라는 믿음은 하루하루 힘든 생활을 이겨나
갈 희망이 되는 셈이지요. 또 마이라는 좋은 친구를 얻어 우
정을 쌓아갑니다. 정의롭고 사회 문제에 관심이 많은 마이를
통해 슈테피는 옳다고 생각하면서도 감히 주장하지 못하던
나약한 성격을 극복하고 용기 있게 맞설 줄도 압니다. 하지
만 슈테피 역시 여느 사춘기 소녀답게 친구와 갈등도 일으킵
니다. 마이와 사소한 일로 다투기도 하지만, 비온 뒤에 땅이
더 굳어지는 것처럼 갈등을 겪고 난 우정은 더 소중하고 확
고해져서 둘은 진정한 친구가 됩니다.

일부 학교 선생님들의 편견과 아집 속에서, 또 피난민이라
는 이유로 동정의 대상이 되어 늘 감사할 것을 강요당하는
속에서도 슈테피 곁에는 진짜 보석처럼 빛나는 사람들이 있

습니다. 그 사람들은 사회적 편견과 맞서서 자신이 옳다고 믿는 바를 행하는 사람들입니다. 슈테피는 그 사람들을 통해 조금씩 자기 정체성을 찾아 나갑니다.

꽃은 겨울이 되면 시들기 마련입니다. 그러나 봄이 되면 꽃이 다시 피어나듯, 슈테피 또한 지금 힘든 시련을 겪지만 언젠가는 다시 활짝 피어날 것을 믿습니다.

연못 속에 얼어붙은 것처럼 보이는 연꽃도 사실은 죽은 것이 아니라 바닥에 힘차게 뿌리를 내린 채 살아 있는 법이니까요!

임정희

*시공 청소년 문학은 계속 출간됩니다